Friederike Hapel

Morgentru, das Elfenkind, bei den Menschen

Eine Geschichte des Wandels, der Liebe und Hilfsbereitschaft

Dieses Buch ist all den Kindern gewidmet,

die bereit sind

ihren Platz im Leben einzunehmen.

Liebe Beate

Nun ist es schon fast 20 Jahre her, daß Du mir diese Geschichte abgetippt hast. Nachdem sie von mir nur handschriftlich vorlag, brauchte es nun eine so lange Zeit sie zu veröffentlichen.

Danke für Deine Hilfe

Deine Friederike

Verlagslabel: Elfendalaverlag
Umschlag, Illustration: Friederike Hapel
Lektorat, Korrektorat: Birgit Grätz, Petra Schneider
Weitere Mitwirkende: Beate Frye

Verlag & Druck: tredition GmbH,
Halenreie 40-44, 22359 Hamburg

ISBN
Paperback 9783384129277
Hardcover 9783384129284

Inhaltsverzeichnis

Wie es begann

Das Elfenkind Morgentru
stampfte mit den zarten Füßchen
wütend auf ein Blütenblatt.

„Und ich will, will, will
doch ein Mensch sein!

Wieso muss ich unsichtbar
und Elfe sein?

Ich will auch in die Schule gehen
und Lesen und Schreiben lernen,
wie die Menschenkinder.

Ich will. Ich will!
Ich will!"

Mama Mariam seufzte.

So ging das nun schon seit Wochen
und der ganze Elfenrat war besorgt.

Was könnte die richtige Lösung sein
für ihr Kind?

Sie wusste, wie schwierig es war,
seinen Lebensraum zu verlassen
und woanders neu zu beginnen.

Und dann als Elfenkind
und in der Menschenwelt.

Sie seufzte wieder.

Morgentru schmiegte sich an sie
und seufzte auch:

„Bitte Mami,
ich wünsche es mir so sehr."

Die Elfenmama sah ihr in die Augen
bis auf den Seelengrund.

Lange und forschend
und sie fand Kraft, Lebensfreude,
Klarheit und Stärke darin.

„Ja," dachte sie,
„es ist ein Stück ihres Weges
und ich muss sie loslassen".

Sie seufzte nochmals
und strich ihrem Elfenkind
über das seidige, feingesponnene Elfenhaar.

„Gut, mein Kind.
Du darfst zu den Menschen gehen."

Morgentru atmete auf
und Tränen der Dankbarkeit
glänzten in ihren Augen.

„Danke Mama!"

Beim Elfenrat

Am nächsten Morgen
traf sich die Elfenmama
mit dem Elfenrat.

„Sie hat genug Kraft, Stärke,
Klarheit und Lebensfreude in sich,
um diesen Weg zu gehen
und es ist ihre Seelenentscheidung.

Ich achte sie
und ich helfe ihr,
so gut ich kann.

Bitte unterstützt sie auch,
damit es eine gute Erfahrung für sie wird.
Was immer auch gut bedeutet."

Der Meister des Elfenrates,
ein uralter, zarter, hochaufgerichteter Elf
mit einem langen weißen Bart,
erhob sich und sprach:

„Du sprichst gut für dein Kind.
Ich spüre deine Liebe

und ich erkenne die Wahrheit
deiner Worte.

So soll geschehen,
was Morgentru sich wünscht.

Und wir alle werden unser Bestes geben,
um sie zu unterstützen und ihr zu helfen,
wenn sie uns ruft oder in Not ist."

Beifälliges Gemurmel und Kopfnicken
der Ratsmitglieder entstand
und Mariam, die Elfenmama,
verneigte sich tief vor allen.

Da stand Elfur, der Elfenpapa, auf
und sagte mit zitternder Stimme:

„Morgentru ist auch mein Kind
und mir fällt es schwerer
sie loszulassen in eine fremde Welt.

Ich fürchte mich
und ich fürchte um mein Kind."
Dabei glitzerten Tränen in seinen Augen
und er schwankte etwas.

Alle Elfen sahen ihn liebevoll an.

Der Älteste öffnete seine Arme und sagte:
„Komm her, mein Sohn."

Der Elfenpapa ging zu ihm,
lehnte sich an ihn und weinte lange,
bis seine Tränen versiegten.

Dann richtete er sich auf.
Sein Blick war nun klar und rein
und er sagte:

„Jetzt kann auch ich sie
mit Liebe ziehen lassen."

Er wandte sich seiner Frau zu
und sie umarmten sich
lange und herzlich.

Es geht los

Am nächsten Morgen
gingen Mama Mariam
und Papa Elfur
mit Morgentru
zur heiligen Elfendala.

Sie war diejenige,
die Morgentru
für die Menschenwelt
vorbereiten, stärken
und sie hinüberleiten konnte.

Zuerst hüpfte Morgentru fröhlich
zwischen ihren Eltern herum,
doch je näher sie dem heiligen Ort kamen,
desto ruhiger und langsamer wurde sie.

„Nun?“, fragte Mama Mariam.
„Wie geht es dir jetzt?“

„Hm“, antwortete Morgentru.
„Ich bin aufgeregt und habe Herzklopfen
und ein bisschen Angst habe ich auch.“

„Ja", sagte Papa Elfur,
„das gehört auch dazu,
wenn man in die Fremde geht.

Das Neue ist ja noch völlig
im Nebel der Zukunft verborgen.

Und die Angst ist ein guter Begleiter.

Nur wenn sie zuviel Raum bekommt
und die Führung übernimmt,
dann lähmt sie dich eher.

Wenn du dich also fürchtest,
dann stelle dir vor,
du nimmst die Angst an die Hand.

Dann seid ihr schon zu zweit
und doppelt stark."

Morgentru lächelte
und schmiegte sich eng an Papa an.

„Danke Papa, das ist ein schönes Bild,
das bewahre ich in meinem Herzen."

Im Wiesental

Der Wald, durch den sie gingen,
veränderte jetzt sein Aussehen.

War er zuerst ganz licht und hell
mit hohen Stämmen und weiter Sicht,
so wuchs nun viel Unterholz.

Der Boden wurde unebener
und es ging über knorriges Wurzelwerk
bergauf.

Gerade als Morgentru beschloss,
dass sie vielleicht jetzt doch
wieder umkehren könnte,
hörte sie ein wunderbares,
zartes Klingen und Singen.

Alle Angst und Müdigkeit fielen von ihr ab.
Ihre Augen glänzten.

Sie jauchzte voller Freude
und bewegte sich im Rhythmus der Klänge.

„Ist das schön,
oh, wie ist das wunderschön.
Hört nur diese wunderschöne Musik."

Mama und Papa fassten sich an die Hände,
sahen einander an und strahlten:
„Ja, das ist wunderschön!"

Jetzt machte der Weg
eine Kehre nach links
und dann sahen sie es vor sich.

Morgentru blieb mit offenem Munde,
wie angewurzelt stehen
und auch Mama und Papa
genossen den Anblick voller Freude.

Vor ihnen lag ein Wiesental,
das sich zu einer sanften Anhöhe emporschwang,
auf der ein Kristalltempel stand.

Er funkelte im Sonnenlicht
in allen Regenbogenfarben.

Das ganze Tal war voller Elfenkinder,
die spielten, tanzten, malten, sangen,

musizierten und machten,
was man sich sonst noch alles vorstellen kann.

„Wieso sind hier so viele Elfenkinder?",
fragte Morgentru fassungslos.

„Das sind die Schüler der heiligen Elfendala."
Papa lächelte: „Auch Elfenkinder lernen,
wenn sie ausgewählt sind und wollen.

Jedes das, was es in seinem Herzen
als Bestimmung spürt."

„Und diese Kinder haben die Bestimmung
das heilige Wissen der Elfendala zu erwerben?",
fragte Morgentru.

„Ja, so wie du die Bestimmung verspürst
zu den Menschen zu gehen,"
sagte Mama und zog Morgentru leicht an sich.

„Schau mich an, meine Kleine!"
Morgentru blickte zu ihr auf
und ihre Augen versanken
in den Augen ihrer Mama.

„Wisse, mein Kind.
Du darfst entscheiden,
und auch bleiben,
wenn du erkennst,

dass du vielleicht
noch etwas Zeit brauchst
oder doch etwas anderes
jetzt wichtig ist."

Morgentru seufzte
und hob die Schultern:

„Weißt du, Mama,
ich sah die vielen Kinder.

Und einen Moment lang
wünschte ich mir dazuzugehören
und dabei zu bleiben.

Doch mein Weg ist ein anderer
und es ist die rechte Zeit zu gehen."

Mama und Papa sahen erst sich
und dann Morgentru an
und beide nickten zustimmend.

„Ja, so ist es. Nun wollen wir
zur heiligen Elfendala gehen."

Sie durchquerten gemächlich das Tal,
grüßten Freunde,
tranken und aßen ein wenig
von den Gaben,
die die Elfenkinder ihnen reichten
und näherten sich so dem Kristalltempel.

Die wandernde Sonne
veränderte auch seine Farben
und so leuchtete er nun
in den warmen Goldtönen des Nachmittags.

Er war kleiner,
als man aus der Ferne heraus vermutet hätte
und dennoch wirkte er beeindruckend
auf Morgentru.

Zum Eingang des Tempels
führten sieben Stufen herauf.

Dann stand man
auf einer halbrunden, überdachten Plattform
zwischen hohen Kristallsäulen.

Das zweiflügelige Tor war
aus hauchdünnen Kristallperlenketten gewoben,
die sanft hin und her schwangen
und dadurch ihre eigene
leise Symphonie erzeugten.

Bei der Elfendala

Morgentru stand zwischen Mama und Papa
und hielt ihre Hände ganz fest gedrückt.

Sie flüsterte:
„Dürfen wir wirklich hier hineingehen?"

Mama drückte ihre Hand ganz schnell
und sagte mit ruhiger Stimme:

„Ja, wir werden erwartet
und sind herzlich willkommen."

In diesem Augenblick
schwangen die Perlenkettentore auf
und gaben den Blick in das Innere frei.

Ein großer, hoher Saal zeigte sich,
an dessen Ende ein kleiner Altar
auf einer Erhöhung stand.

Wie auf ein Zeichen
setzten sich Mama, Papa
und Morgentru in Bewegung
und gingen auf diesen Altar zu.

Als sie in der Mitte des Saales
angelangt waren,
erklang von links eine Stimme:
„Seid mir willkommen, edle Elfen!“

Sie wandten sich der Stimme zu
und sahen eine zierliche Elfe
in einem Seitentrakt
auf einem Thron sitzen.

Seine Verzierungen bestanden
aus heiligen Zeichen.

Sie woben Fäden aus Licht,
verbanden, lösten und fanden
sich wieder und wieder
in ständigem Spiel.

Morgentru staunte
mit weit aufgerissenen Augen
und offenem Mund.

Sie war so fasziniert
von diesem Zwischenspiel,
dass sie vergaß, sich zu verneigen.

Mama stupste sie leicht an,
und Morgentru sah fassungslos zu ihr auf.

„Mama, ich verstehe was sie sagen",
sagte sie und Tränen rannen über ihre Wangen .

„Komm her, kleine Morgentru,"
sagte die Elfendala sanft
und löste mit dem Klang ihrer Stimme
Morgentru aus dem Bann der Zeichen.

Morgentru verneigte sich
tief und ehrerbietig.

Dann sah sie die Elfendala
zum ersten Mal bewusst an.

„Sie sieht ja aus, wie ich",
dachte Morgentru erschrocken
und rieb sich die Augen.

Doch auch beim zweiten Blick
blieb alles gleich.

„Ja, kleine Morgentru, es ist richtig.
Du bist wie ich und ich bin wie du.

Schön, dass wir uns jetzt
persönlich kennenlernen."

„Aaaber", stammelte Morgentru,
„wie ist das möglich?"

„Wir tragen in unserem Herzen
die Gewissheit, dass wir alle eins sind,
geborgen im Großen und Ganzen
und einzigartig in unserem Sein.

Manche Seelen sind so eng
miteinander verbunden,
dass sie auch im Äußeren
wie eins wirken.

Über die Leben
in den verschiedenen Formen
und im Raum jenseits der Zeit
treffen sie sich immer wieder

und entscheiden sich
für ihre Begegnungen
in den Welten.

So kommt es, dass wir uns
jetzt und hier treffen können.

Und obwohl ich in diesem Leben
schon lange weile und du erst kurz,
sind wir uns doch Spiegel
und gleichen uns wie Zwillinge."

„Ah, ich verstehe
und ich freue mich sehr."

Morgentru verneigte sich tief
vor der Elfendala.

Als sie sich wieder aufrichtete,
erhob sich auch die Elfendala
von ihrem Thron
und bat sie alle,
ihr zu folgen.

Sie gingen durch eine Seitentür,
die hinter dem Thron verborgen war,

in eine kleine gemütliche Stube.

In ihr setzten sie sich
um einen einfachen Tisch herum,
nahmen von dem gebotenen Naschwerk
und den Getränken.

Dabei unterhielten sie sich
über alles Mögliche.

Nach und nach
verstummte das Gespräch von selber
und Morgentru sah die Elfendala
erwartungsvoll an.

Diese lächelte und sagte dann:
„Ja, kleine Morgentru,
jetzt wollen wir uns mit deinem Wunsche
und seiner Verwirklichung beschäftigen."

„Ja", nickte Morgentru
und setzte sich aufrecht hin. „Das wollen wir."

„Wenn du zu den Menschen gehst,
wird sich vieles in deinem Leben verändern,
das weißt du?", fragte die Elfendala.

„Ja, das weiß ich
und ich bin bereit dazu."

„Zuerst musst du deine Flügel abgeben
und deine Unsichtbarkeit.

Dein Körper wird schwerer und größer
und am Boden haften.

Das ist eine enorme Umstellung",
sagte die Elfendala ruhig
und blickte Morgentru dabei
unverwandt in die Augen.

Morgentru schluckte und nickte.

Ihr Herz klopfte vor Aufregung
bis zum Halse.

„Du wirst deine Erinnerung,
dein Wissen und die Fähigkeit
uns zu sehen, behalten.

Doch es ist besser,
in der Menschenwelt darüber zu schweigen.

Du wirst bei Mutter Elvira wohnen,
als ihr Ziehkind.

Mit ihr kannst du über alles reden.
Sie ist auch eine von uns
und wird dir gut helfen können.

Du wirst die Menschenwörter
sprechen und verstehen
und auch die Grundkenntnisse
des Lesens, Schreibens
und des Rechnens beherrschen.

Alles Weitere wirst du genau so
wie die Menschenkinder lernen müssen.

Morgentru atmete tief durch,
blickte zu Mama und Papa
und dann zur Elfendala.

Dann nickte sie und fragte,
was sie tun müsse,
um in die Menschenwelt zu gelangen.

Die Elfendala lächelte ein wenig,
dann sagte sie:

„Verabschiede dich nun
von deinen Eltern.

Du wirst heute Nacht
in meiner Kammer einschlafen
und morgen früh in deinem neuen Zimmer
bei Mutter Elvira aufwachen."

Der Abschied

Jetzt wurde es Morgentru
doch etwas mulmig ums Herz.
Es war heute soviel Neues geschehen.

Und nun hieß es
Mama und Papa Adieu zu sagen.

Die Elfendala verließ leise den Raum.
Mama, Papa und Morgentru standen auf
und umarmten sich lange.

Alle drei weinten ein wenig,
doch dann sahen sie sich an
und Frieden und Freude
leuchteten aus ihren Augen.

„Und denk daran,
wenn etwas ist und du Hilfe brauchst,
dann rufe uns in deinem Herzen.

Wir helfen dir
so schnell und so gut wir können,"
sagte Mama Mariam.

„Und wenn du dich fürchtest,
denke daran
die Angst an die Hand zu nehmen.

Du weißt ja,
zu zweit ist man stärker!“,
lächelte Papa.

Dann nahm er Morgentru in die Arme,
warf sie in die Luft, fing sie wieder auf.

Dann drehte er sich so schnell mit ihr im Kreise,
dass sie fast den Tisch leergefegt hätten
und ganz taumelig wieder zum Stehen kamen.

Alle drei lachten
und so konnten sie gut
voneinander Abschied nehmen.

Morgentru begleitete ihre Eltern
noch zur Vorhalle des Tempels
und sah ihnen lange nach,

als sie nun in der Abendsonne
über das Tal davonflogen.

Gerade als sie begann
sich einsam zu fühlen,
trat die Elfendala zu ihr
und nahm sie mit
zu ihren Schülern.

Dort erlebten sie
einen vergnügten Tagesausklang,
so dass Morgentru
nur noch ganz erschöpft ins Bett fiel
und sofort tief und fest einschlief.

Es war eine Vollmondnacht
und so bat die Elfendala
die Mondgöttin
um Hilfe und Segen.

Dann löste sie sanft die Flügel
von Morgentrus Rücken,
berührte ihre Stirn
mit einem heiligen Kristall
und brachte sie dann
zu Mutter Elvira.

Dort erwachte Morgentru
am anderen Morgen als Menschenkind.

Bei Mutter Elvira

Mit geschlossenen Augen
lag Morgentru im Menschenbett
und fürchtete sich, die Augen zu öffnen.

Die Bettdecke lag schwer auf ihrem Körper
und als sie die Hand heben wollte,
um ihre kitzelnde Nase zu jucken,
war es eine langsame, ungewohnte Bewegung.

Sie begann sich zu räkeln
und spürte so ihren Körper immer mehr,
bis sie das Gefühl hatte,
jetzt ganz in ihm angekommen zu sein.

„Papa sagt,
nimm die Angst an die Hand,
dann seid ihr schon zu zweit!",
dachte Morgentru.

Sie tastete wieder nach ihrer Nase,
um sich zu jucken,
doch das Kitzeln war jetzt an ihrem Ohr
und zu ihrem Erstaunen hörte sie
eine ganz feine Stimme, die sagte:

„Morgentru, aufstehen,
du bist jetzt in der Menschenwelt
und ich bin ganz gespannt,
wie es dir hier gefällt."

Mit einem Ruck
saß Morgentru aufrecht im Bett,
riss die Augen auf und lachte.

„Rosalynn, wo bist du,
wie kommst du hierher
und was sagen deine Eltern dazu?"

Wieder kitzelte ihr Ohr
und die feine Stimme sagte:

„Na, hier an deinem Ohr
und ich kam mit dir.

Meine Eltern und die Elfendala haben erlaubt,
dass ich dich begleite.
Sozusagen als Mittler der Elfenwelt."

Morgentru lachte, sprang aus dem Bett
und hüpfte fröhlich durch die Kammer.
„Das ist ja schön,

das ist ja wunderschön!"

Nachdem sie sich wieder beruhigt hatte,
bat sie Rosalynn sich zu zeigen
und die kleine Elfe
setzte sich auf ihre Hand.

Morgentru sah sie an und schluckte:
„Oh, wie winzig du bist
und wie groß ich jetzt bin!"

„Das wolltest du doch auch.
Jetzt freu dich
und ziehe die Menschenkleider an.

Gleich gibt es Frühstück."

Morgentru lachte und salutierte fröhlich:
„Alles klar, Elfengeneral, wird gemacht!"

Sie zog sich an
und stockte dann plötzlich:

„Weißt du was, Rosalynn,
jetzt erst merke ich,
dass mir dieses Zimmer
komplett vertraut ist.

Wieso kenne ich es so gut,
dass ich mich sofort
richtig darin zurecht finde?"

„Erinnerst du dich
an unsere Menschenbücher im Elfenland?
Darin waren solche Zimmer.

Deine Mama hat mir das Buch mitgegeben
und so konnte Mutter Elvira alles einrichten,
damit es dir vertraut ist."

„Oh, ihr seid alle so hilfsbereit
und so gut zu mir,
hab´ recht herzlichen Dank dafür.

Jetzt wollen wir mal das Haus erkunden
und Mutter Elvira suchen.

Dann kann ich mich bei ihr vorstellen
und ihr danken."

„Halt, halt,
du musst dich erst noch waschen
und dir die Zähne putzen.

Du weißt doch,
die Menschen machen das so!",
rief Rosalynn Morgentru zu,
als diese gerade im Begriff war,
die Kammertüre zu öffnen.

Morgentru drehte sich um
und kicherte:

„Oh ja, das wäre peinlich.

Fräulein Morgentru,
Sie haben noch Äste hinter den Ohren
und Erde unter den Fingernägeln.

Das gibt drei Strafpunkte."

Sie prustete los
und sah sich suchend um.

Wo könnte denn die Möglichkeit sein,
all diese Dinge,
mit denen bei den Menschen der Tag beginnt,
zu erledigen?

Rosalynn kitzelte sie am Ohr
und sagte ihr, dass die zweite Tür
zum Badezimmer führe.

„Dort findest du alles,
was du brauchst."

Im Badezimmer

Morgentru öffnete die Tür
und blieb wie angewurzelt stehen.

„Das ist ja hübsch.
Sieh nur, all die feinen Dinge:

dieser Teich und der Wasserfall,
den man an und ausstellen kann.

Oh, und hier, ich sehe mich,
ohne in das Wasser blicken zu müssen,
einfach so vor mir.

So sehe ich also als Mensch aus,
das gefällt mir sehr."

Sie bewunderte sich im Spiegel,
spielte mit ihren Haaren,
den Wasserhähnen
und all dem herum,
was sonst noch zu finden war,

Schließlich kitzelte Rosalynn
sie wieder am Ohr und mahnte:

„Beeile dich, sonst verpasst du
den ersten Morgen bei den Menschen."

„Ach ja", lachte Morgentru
und im Nu war alles fertig.

Im Korridor

Mit Rosalynn auf ihrem Ohr
öffnete sie nun ihre Kammertür,
um die Menschen kennenzulernen.

„Weißt du," flüsterte sie,
„ein bisschen Angst habe ich schon."

„Ach. du weißt doch, das gehört dazu",
wisperte Rosalynn zurück.

Der Korridor,
auf dem sie sich jetzt befanden,
war hell und freundlich
mit Blumentapeten, Teppichen
und vielen Türen ausgestattet.

„Ach herrje,
wie soll ich denn nun den richtigen Weg finden?",
fragte Morgentru ratlos.

„Schweig einen Moment und lausche,
dann wirst du schon hören,
wo die Menschen sich aufhalten",
wisperte Rosalynn ihr ins Ohr.

So schwieg Morgentru
und vernahm dann auch Stimmen,
die von unten hinaufklangen.

Sie folgte ihnen
und fand am Ende des Korridors
eine Treppe, die ins Erdgeschoss führte.

Langsam und zögernd,
mit klopfendem Herzen,
schritt sie Stufe für Stufe hinab.
Je tiefer sie kam, desto mehr
verstummte das Gespräch.

Als sie unten angekommen war,
sah sie alle Blicke auf sich gerichtet.

Da erinnerte sie sich plötzlich
an ihre Menschenspiele
und versank in einem tiefen Hofknicks.

Als sie sich wieder aufrichtete,
fühlte sie sich schon besser
und sah die Menschen erwartungsvoll an.

Das erste Zusammentreffen

Alle saßen mit offenen Mündern da
und das sah so lustig aus,
dass Morgentru hell auflachte.

Alle fielen in ihr Gelächter ein
und Mutter Elvira erhob sich
vom Kopfende des Tisches
und kam lachend auf Morgentru zu.

„Das war ja eine königliche Begrüßung,
herzlich willkommen Morgentru.
Mein Name ist Mutter Elvira."

Sie reichte ihr die Hand
und Morgentru knickste noch einmal
und sah sie dann forschend an.

Es war eine kleine Frau, sehr feingliedrig
mit einem klaren, liebevollen Blick in den Augen.

Morgentru seufzte erleichtert auf.
Jetzt war alles gut
und das Abenteuer konnte beginnen.

Mutter Elvira stellte ihr alle Hausbewohner vor:

„Das ist Vater Trogan, mein Ehemann
und der Patron des Hauses."

Morgentru wurde ganz blass,
als Vater Trogan sich aufrichtete,
um sie zu begrüßen.

So einen langen Menschen
hatte sie noch niemals gesehen.

Sie musste ihren Kopf in den Nacken legen,
um ihm ins Gesicht sehen zu können.

„Er sieht aus wie ein Riesentroll",
dachte Morgentru.

„Ja,ja", polterte Vater Trogan,
„herzlich willkommen kleine Morgentru
und hüte deine Gedanken.

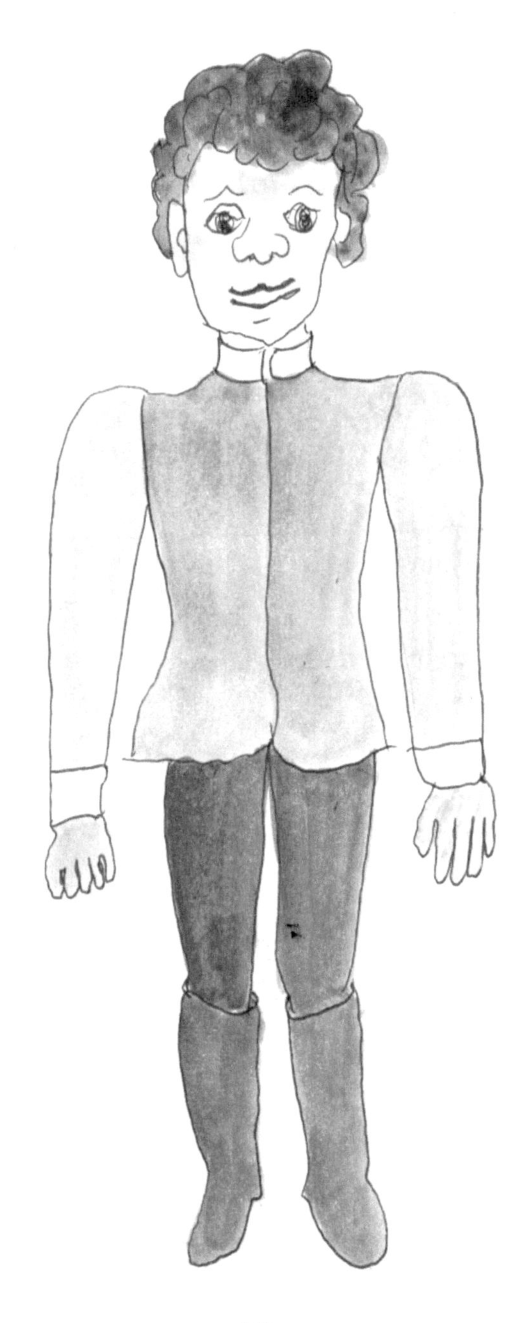

Denn wir lesen auch
Elfen- und Trollgedanken gerne".

Morgentru fühlte eine große Hitze
in ihren Kopf steigen.

Ich glühe, das ist ja super,
dann können wir in der Stille sprechen.
Und sie strahlte Vater Trogan an.

„Schön, dass ich herkommen
und hier sein kann", sagte sie.

„Ja", nickte Vater Trogan,
„wir freuen uns auch,
dich hier zu haben."

Und in Gedanken fügte er hinzu:
„Endlich mal wieder jemand aus dem Elfenland."

Als Morgentru seine Gedanken gelesen hatte,
strahlte sie noch mehr.

„So", schaltete sich Mutter Elvira ein,
„Jetzt geht die Vorstellungsrunde weiter.
Dies ist Marian, sie hilft mir im Haus."

Eine hochgewachsene Frau
erhob sich kurz vom Stuhl,
nickte und nahm gleich wieder Platz.

„Sie ist stumm", erklärte Mutter Elvira.

Morgentru biss sich auf die Unterlippe.
Das war doch der größte Witz.

Marian stumm.
Vielleicht in der Menschenwelt.

Doch in der Elfensprache,
da floss ein ganzer Wortwasserfall
auf Morgentru nieder.

Das konnte ja heiter werden.

Mutter Elvira stupste sie an
und stellte ihr Herrn Perla vor.

Er war Handelsreisender
und oft unterwegs.

Neben ihm saßen zwei Mädchen, Zwillinge,
ungefähr in Morgentrus Menschenalter.

Sie sprachen auch noch gleichzeitig,
was die ganze Vorstellung
noch lustiger machte.

„Hallo Morgentru, wir sind Marie und Ellen.
Wir nehmen dich mit zur Schule
und freuen uns, dass du da bist."
Sie lächelten.

Doch da Morgentru
ihre Gedanken wahrnehmen konnte
und die Kälte ihrer Augen sah,
wusste sie, dass sie vorsichtig sein musste,
denn die beiden
hatten einigen Schabernack mit ihr vor.

Als letzte Person stellte sich Peter vor.
Er war ein rothaariger, sommersprossiger Junge.

„Ich gehe auch in die gleiche Schule
wie Marie und Ellen
und ich freue mich dich kennenzulernen."

Sein Blick war klar und rein
und seine Gedanken und Worte waren eins.

Dann wies Mutter Elvira ihr
ihren Platz am Tisch neben Peter zu
und alle genossen ihr Frühstück
unter heiterem Geplauder.

Als ein Gong ertönte,
erhoben sie sich,
reichten einander die Hände,
wünschten sich
einen schönen und liebevollen Tag
und verschwanden in alle Richtungen.

Morgentru stand etwas hilflos
neben ihrem Stuhl.

Doch Mutter Elvira sprach sie gleich an
und so verlor sie dieses Gefühl wieder.

„Heute bleibst du noch bei mir,
denn wir müssen für dich einkaufen,
damit du die passende Schuluniform bekommst
und alles was du an Büchern
und Sonstigem brauchst."

Morgentru blickte erleichtert
und Rosalynn,

die die ganze Zeit mucksmäuschenstill
auf Morgentrus Ohr gesessen hatte,
kitzelte Morgentru und wisperte ihrzu.

„Das ist ja prima,
jetzt geht es richtig los,
ich freue mich".

Morgentru kicherte und sagte laut:
„Ich freue mich auch."

Mutter Elvira lachte und sagte:

„Rosalynn und du,
ihr seid ein gutes Team.

Passt nur auf, dass eure Unterhaltungen
zum allgemeinem Gespräch passen,
sonst werden die Menschen aufmerksam."

Morgentru errötete
und erinnerte sich dann erleichtert daran,
wie Mama gesagt hatte,
dass Mutter Elvira sie verstehen könnte.

„Wir werden es beherzigen,
danke Mutter Elvira",
sagte sie und knickste leicht.

Dann verließen sie das Haus
und Mutter Elvira fuhr sie
mit ihrem Bus in die Stadt.

Im Bus

Allein der Bus
war schon ein Wunder für Morgentru,
denn er war mit lauter Waldwesen bemalt.

Elfen, Trolle, Zwerge, Feen
und was sonst noch alles
in der Fabelwelt vorkam.

„Also übrigens",
begann Mutter Elvira
nach einiger Zeit,

„Wir haben uns überlegt,
welcher Menschenname wohl zu dir passt
und sind zu dem Ergebnis gekommen,
dass wir die Namen deiner Eltern,
hinter deinen setzen.

Du würdest dann in der Menschenwelt
Morgentru Mariam Elfur heißen.
Wie gefällt dir das?"

Morgentru war erst überrascht
und dann sehr erleichtert.

„Ich vergaß, dass die Menschen
mehrere Namen tragen.
Das ist sehr sehr schön.

Es ist,
als wären Mama und Papa
immer bei mir,
wie ein Schutz hinter mir.
Ja, das ist sehr gut."

Sie strahlte
und wiederholte
ihren Namen mehrmals.

Morgentru Mariam Elfur,
das ist ganz besonders
und ganz vertraut,
seufzte sie erleichtert auf.

Mutter Elvira lächelte
und Rosalynn wisperte Morgentru ins Ohr.
„Das ist ja super,
dann heiß ich jetzt
Rosalynn Susann Alfgar, hihi."

„In Schweden
und den anderen nordischen Ländern
haben sie den Brauch,
an den Vatersnamen
Sohn oder Tochter zu hängen.

Dann hießest du
Morgentru Mariam Elfurstochter",
sagte Mutter Elvira.

Morgentru und Rosalynn prusteten los
und waren den Rest der Fahrt
damit beschäftigt,
all ihre Freunde neu zu benennen.

Schließlich parkte Mutter Elvira
den Bus vor einem großen Gebäude.

„So, jetzt gehen wir
eine Schuluniform für dich kaufen",
sagte sie.

Morgentru schluckte,
sah durch das Autofenster
an dem Gebäude hoch und höher hinauf.

Sie hatte das Gefühl,
es wäre himmelhoch.

„Steig erst mal aus",
lächelte Mutter Elvira,
„Dann nimmst du manches anders wahr.

Bewahre nur diesen ersten Eindruck
in deinem Herzen,
damit du auch andere Wesen verstehst,
denen es ähnlich geht."

„Ja, das will ich tun.
Das ist ja endlos!"
Und damit stiegen sie alle aus.

Als sie die Autotüren öffneten,
schlugen ihnen Autoabgase,
Lärm, Gerüche, Stimmen,
der alltägliche Stadtlärm entgegen.

Morgentru wurde ganz blass
und Rosalynn war vor Schreck
in ihr Ohr gekrochen
und hatte sich einen Flügel verknackst.

Mutter Elvira kam um das Auto herum
und sagte liebevoll:

„Setz´ dich nochmal ins Auto
und schließe die Türe.

Nach einer Weile öffnest du sie wieder,
so oft, bis sich deine Sinne
an alles gewöhnt haben.

Ich gehe inzwischen schnell
da drüben zum Bäcker
und komme gleich wieder.

Du kannst mich immer sehen.
Bleib aber bitte beim Auto stehen,
bis ich komme.

Wir gehen dann gemeinsam ins Geschäft, ja?"
„Ja gerne", antwortete Morgentru
und bekam langsam wieder Farbe ins Gesicht.

Sie schloss die Tür und atmete auf:
„Puh, das ist ja heftig,
ganz anders, als ich dachte.
Da kommt ja noch einiges auf mich zu."

„Ja", wisperte Rosalynn:.
„Zuerst mal mein verknackster Flügel,
das schmerzt schon sehr."

„Oh, du Arme, kann ich dir helfen?"
„Lieber nicht,
du hast jetzt so große Hände.

Ich fürchte,
du könntest mehr Schaden
als Nutzen anrichten."

„Ja, das verstehe ich gut,
am besten fragen wir Mutter Elvira,
die hat bestimmt eine gute Idee."
„Ja, das fühlt sich gut an",
atmete Rosalynn auf.

„Jetzt öffne nochmal die Tür.
Mal sehen, wie es sich anfühlt,
das Leben der Menschen."

So öffnete Morgentru die Türe
zum zweiten Mal
und die Welle der Stadt

- geräusche,
- gerüche und
- bewegungen erreichte sie wieder.

Sie zog die Tür zu
und öffnete sie noch einmal
und der Wechsel
zwischen Stille und Lärm
war so lustig,
dass beide hell auflachten.

Nach einer Weile konnte Morgentru
die Tür auflassen und alles
mit Interesse wahrnehmen,
was außerhalb geschah.
„Jetzt steige ich aus",
sagte sie zu Rosalynn.

„Du bleibst besser hier drinnen,
eh dir etwas passiert, was meinst du?"

„Oh nein, ich komme auf jeden Fall mit.
Das ist zu spannend", antwortete Rosalynn.

„Ja, das finde ich auch."
In diesem Moment kam Mutter Elvira zurück
und fragte, wie es ihnen ginge.

Morgentru erzählte von Rosalynns Flügel
und Mutter Elvira konnte ihn
mit einem Atemhauch wieder heilen.

Alle waren froh,
denn so konnte Rosalynn
den Ausflug in das Geschäft
genauso genießen wie Morgentru.

Morgentru lehnte sich dicht an Mutter Elvira,
als sie nun das Auto verließen.

Mutter Elvira umschloss
Morgentrus Hand fest mit ihrer
und so fühlte Morgentru sich
gut gestützt für das Abenteuer Einkaufen.

Die Schuluniform

„Mutter Elvira, was ist eine Schuluniform?",
fragte sie nach einer Weile,
als sie in einem Bereich
des Kaufhauses anhielten.

„Eine Schuluniform ist eine Zusammenstellung
von Rock, Bluse, Pullunder und Jacke
in bestimmten Farben,
die zu der Schule gehören,
die du besuchst.

In der Lucia-Schule
werden dunkelrote Faltenröcke,
dunkelblaue Jacken und Pullunder, weiße Blusen
oder Rollkragenpullover getragen,
je nach Jahreszeit.

Die Lucia-Schule ist die Schule
in die du ab Montag gehen wirst,
zusammen mit Peter und den Zwillingen.

„Ah, jetzt verstehe ich,
so kann man immer wiedererkennen,
wer zu welcher Schule gehört.

Und wenn man den Weg verliert,
kann jemand helfen,
das ist ja sehr sinnvoll".

Morgentru nickte
bestätigend vor sich hin.

Inzwischen hatten sie
einen Kleiderständer
mit Röcken und Blusen erreicht.

„Jetzt wollen wir
ein paar Röcke auswählen,
um zu sehen,
welche Größe dir passt.

Dann bringen wir sie
in eine Umkleidekabine
und dort kannst du sie
in Ruhe anprobieren",

sagte Mutter Elvira
und hatte schon zwei Röcke
auf dem Arm.

„Schau ruhig selber, Morgentru".

Morgentru war so fasziniert
von dem ganzem Raum,
den Kleidungsstücken, den Menschen,

dass es ihr schon schwerfiel,
sich auf Einzelteile zu konzentrieren.

Mutter Elvira verstand sie gut
und wählte nach Augenmaß
die Kleidung für Morgentru aus.

Dann nahm sie sie mit
in eine Umkleidekabine
und hier fiel es Morgentru leichter,
sich auf die Kleidung zu konzentrieren.

Sie schlüpfte aus ihrem Kleid heraus
und probierte Rock und Bluse an.

Mutter Elvira wartete im Vorraum
und so trat Morgentru zu ihr heraus
und stand sich sofort
in einem Spiegel gegenüber.

Zuerst sprang sie erschrocken
einen Schritt zurück

und entschuldigte sich bei dem Mädchen
mit dem sie fast zusammengestoßen wäre.

Doch dann erkannte sie ihren Irrtum
und unter herzlichem Gelächter
wurde die Anprobe fortgesetzt.

Nach zwei Stunden hatten sie
drei Kombinationen an Schuluniformen
für Morgentru gefunden und bezahlt
und verließen diese Abteilung des Hauses.

„So, jetzt machen wir
eine kleine Pause im Café", sagte Mutter Elvira.

Sie setzten sich
an einen kleinen Tisch eines Cafés.

Mutter Elvira bestellte Kaffee für sich
und Saft und Gebäck für Morgentru.

Diese war ganz still geworden.
Es war nun doch spürbar,
wie anstrengend
die letzten zwei Tage gewesen waren.

„Ich mache dir einen Vorschlag",
lächelte Mutter Elvira.

„Du legst dich hinten ins Auto
und ruhst dich etwas aus,
während ich die Bücher einkaufe.

Im Auto sind ein Bett und ein Vorhang,
sodass du ganz geschützt bist.

Wie wäre das?"
Morgentru atmete auf und nickte.

Da ihr Mund gerade
mit Kuchen gefüllt war,
musste das als Antwort reichen.

Mutter Elvira winkte der Kellnerin
und bezahlte.

Dann gingen sie zügig zum Auto.

Rosalynn, die die ganze Zeit
stumm in Morgentrus Ohr gesessen hatte,
gähnte nun laut und wisperte Morgentru ins Ohr:
„Oha, ich bin so müde, du auch?"

„Mmmm", wieder nickte Morgentru.
Diesmal aber
weil sie zu müde zum Sprechen war.

Sie erreichten das Auto.
Mutter Elvira richtete ihr das Bett,
zog den Vorhang zu
und schloss das Auto ab.

In der Nacht

Rosalynn und Morgentru schliefen sofort ein
und wachten erst wieder auf,
als Mutter Elvira den Vorhang aufzog und sagte:

„Jetzt sind wir wieder zuhause
und ihr könnt oben im Bett weiterschlafen."

Morgentru gähnte
und bedankte sich bei Mutter Elvira,
die sie noch bis zu ihrer Kammertür begleitete.

Dann fiel sie wieder ins Bett
und schlief tief und traumlos,
bis Rosalynn sie am Ohr kitzelte
und wisperte:

„Achtung, da ist jemand an der Tür
und diese Person plant Übles."

Schlagartig war Morgentru wach
und spürte zur Tür hin.

Die Zwillinge standen davor
und freuten sich über den Schabernack,

den sie mit Morgentru vorhatten.

Morgentru ließ sich blitzschnell
aus dem Bett fallen
und rollte sich darunter,

als sich die Tür öffnete
und ein gezielter Wasserstrahl
den Punkt erreichte,
an dem gerade vorher
noch ihr Kopf gelegen hatte.

Die Zwillinge waren sehr überrascht
und enttäuscht als sie sahen,
dass das Bett leer war.

„Eins zu null für Morgentru.“, sagte Ellen
und die beiden verließen das Zimmer.

Morgentru wartete eine Weile.
Dann rollte sie unter dem Bett hervor
und legte sich hinein.

Das nasse Kopfkissen ließ sie
auf den Boden fallen.
Dort konnte es über Nacht trocknen.

Tief und fest schliefen Rosalynn und Morgentru
bis zum nächsten Morgen durch.

Das Wunder

An diesem Morgen wurden sie
durch ein Klopfen an der Tür geweckt
und Mutter Elvira bat um Einlass.

„Ja, ich bin wach
und Sie sind herzlich willkommen,"
rief Morgentru fröhlich
und setzte sich erwartungsvoll im Bett auf.

Mutter Elvira öffnete die Türe und kam herein.
Sie trat an Morgentrus Bett heran
und hob das Kopfkissen auf.

„Aha, die Zwillinge,
habe ich mir schon fast gedacht.
Haben sie dich erwischt?"

„Nein, Rosalynn weckte mich rechtzeitig
und so konnte ich mich unters Bett rollen."

Mutter Elvira stutzte: „Unters Bett rollen?
Das Bett ist bis unten hin fest zugebaut.
Wie hast du das denn gemacht?"

Morgentru sah sich nun das Bett genauer an.
Richtig, alles war bis zum Boden
massiv mit Holz verkleidet.

"Hmm, komisch,
aber gestern abend ging es ganz leicht."

Morgentru kratzte sich am Kopf.

Mutter Elvira stand auf,
ging drei Schritte zurück und sagte:

„Versuche noch mal,
wie gestern abend zu handeln."

Morgentru legte sich wieder ins Bett
und schloss die Augen.

„Jetzt", sagte Mutter Elvira
und wieder ließ Morgentru sich fallen,
rollte unter das Bett
und war verschwunden.

„Komm bitte wieder heraus
und halte die Bettklappe
einen Moment lang hoch",

bat Mutter Elvira.
Morgentru tat, wie geheißen

und Mutter Elvira langte
mit einem Arm unter den Bettkasten
und holte eine kleine Kiste darunter hervor.

„Du hast uns schon jetzt
unvorstellbares Glück gebracht",
sagte sie zu Morgentru
und strich ihr sanft über den Kopf.

„Dieses Kästchen haben wir lange
verzweifelt gesucht.

Jetzt hilft es uns,
Schweres abzulösen
und uns von Lasten zu befreien."

„Gut, dass die Zwillinge
diesen Schabernack vorhatten,
sonst hätten wir es nie gefunden,
nicht wahr, Mutter Elvira?",
strahlte Morgentru.

„Ja, das ist wahr. So steckt doch
in jedem Üblen etwas Gutes.
Das wollen wir uns merken."

„Wollen wir noch herausfinden,
wie der Mechanismus ausgelöst wird?",
fragte Morgentru mit leuchtenden Augen
noch voller Aufregung.

„Später gerne", lächelte Mutter Elvira,
„doch jetzt heißt es zur Schule gehen
und deshalb bin ich noch einmal hereingekommen.

Deine Klassenlehrerin ist Frau Solair,
den Namen kannst du dir leicht merken.

Wenn du an die Rune Sal = Sol = Sonne denkst
und an die Luft, die Schwingung im Raum,
was im Französischen „Air" benannt wird.

Also, Frau Sonnenluft."

Morgentru wiederholte
den Namen der Lehrerin.

„Frau Solair, Frau Sonnenluft, Frau Solair,
Frau Sonnenluft, Frau Solair.

Jetzt behalte ich ihn,
welch schöner Name für eine Lehrerin.

Das Wissen der Sonne durch die Luft
in die Herzen der Schüler gebracht.
Das gefällt mir."

Mutter Elvira schmunzelte
und zeigte Morgentru
die Uniform für den ersten Tag.

„Ach ja, halte dich an Peter,
dann bist du immer auf der rechten Seite."

Mit diesen Worten
verließ Mutter Elvira das Zimmer.

Der erste Schultag

„Jajaja, das ist mir klar
und alles so wunderbar",

sang Morgentru vor sich hin,
während sie sich wusch, anzog,
kämmte und erfrischte.

„Wie gefalle ich dir?",
fragte sie Rosalynn, die bisher still
auf dem Bettpfosten gesessen hatte.

„Ganz wunderschön", sagte Rosalynn.
Und wie sie es sagte, klang es sehr traurig.

Morgentru stutzte und lief schnell zu Rosalynn.
„Was ist los, meine Liebe,
jetzt fängt es doch erst mal richtig an."

„Ja, für dich,
aber was wird mit mir?", seufzte Rosalynn.

„Spinnst du?", fragte Morgentru.
„Warum durftest du wohl mitkommen
und mich begleiten?

Weil du jetzt hier auf dem Bettpfosten
sitzen bleiben sollst?

Oder weil wir zusammen
ein spannendes Abenteuer erleben wollen?"

„Ja, schon, aber ich habe solchen Hunger
und weiß nicht, wie ich essen kann,
weil ich mich immer verstecken muss."
Erschrocken und schuldbewusst
sah Morgentru ihre beste Freundin an.

„Oh je, das habe ich völlig vergessen.
Es tut mir leid, wir wollen Mutter Elvira fragen,
wie wir das Problem lösen können, ja?"

Rosalynn nickte und flog in Morgentrus Ohr.
Dann gingen sie zum Speisesaal.

Die anderen Hausbewohner
kamen auch gerade herbei.

So konnte Morgentru
Mutter Elvira kurz zur Seite nehmen
und sie um Hilfe bitten.

Sofort nahm Mutter Elvira sie mit in die Küche
zu Marian und erklärte ihr die Sachlage.

Diese strahlte auf
und öffnete ihre Hand.

Rosalynn flog zu ihr
und Marian öffnete ein kleines Kästlein,
in dem eine Miniküche war,
die alles beinhaltete,
was ein Elfenherz erfreuen konnte.

Rosalynn war völlig begeistert
und auch Morgentru strahlte.

„Ich bleibe jetzt
erst mal hier zum Frühstück
und wenn ihr fertig seid,
komme ich mit in die Schule",
wisperte Rosalynn strahlend.

Morgentru war so froh
und konnte jetzt auch voller Freude
am Tisch im Speisesaal Platz nehmen.

Die Zwillinge Marie und Ellen

sahen sich erst gegenseitig an
und dann Morgentru.

„Mutter Elvira,
Morgentru war gestern abend
nicht in ihrem Bett",
sagten sie dann gleichzeitig.

Mutter Elvira sah sie lächelnd an:

„Woher wisst ihr das denn
und wie spät war es?"

Die Zwillinge erröteten und antworteten
Wort für Wort abwechselnd.

„Äh, wir wollten ihr nur
gute Nacht wünschen
und es war 21.30 Uhr."

„So, so und wieso wart ihr
um diese Zeit noch unterwegs?

Soviel ich weiß,
haben wir 21.00 Uhr als Bettruhe
während der Schulzeit verabredet."

„Hmm", beide Mädchen erröteten wieder
und Mutter Elvira sagte:

„Nun lassen wir das Vergangene los,
bleiben im Hier und Jetzt
und freuen uns auf das, was kommt."

Alle nickten
und so wurde es doch noch

eine vergnügte Tafelrunde,
bis der Gong sie mahnte,
sich fertig zu machen,
um rechtzeitig den Schulbus zu erreichen.

Morgentru lief schnell in die Küche,
wo Rosalynn auch mit ihrem Mahle fertig war
und so konnte der erste Schultag beginnen.

Peter trug ihre Schultasche zur Tür
und wartete, bis Morgentru
ihre Jacke zugeknöpft hatte.

Morgentru lächelte ihn an
und dankte ihm.

Dann übernahm sie ihre Tasche
und gemeinsam gingen sie
hinter den Zwillingen her
zur Bushaltestelle.

B

An der Bushaltestelle und im Bus

An der Bushaltestelle waren Kinder
verschiedener Schulen versammelt.

„Hui, hier brodelt es aber",
wisperte Rosalynn in Morgentrus Ohr.
„Pass bloß gut auf."

Morgentru konzentrierte sich
auf die Kindergruppe
um herauszufinden,
woher der größte Druck kam.

Drei Mädchen standen zusammen
und tuschelten miteinander.

Ganz langsam und kaum hörbar
ließ Morgentru die Luft
aus ihrem Mund strömen.

Dabei stellte sie sich vor,
alles wäre licht und hell
und sie selber und alle anderen
seien von diesem Licht erfüllt,
durchdrungen, umhüllt und geschützt.

Immer wieder ließ sie die Ausatmung
mit diesem Gedanken
aus ihrem Munde strömen.

Rosalynn kitzelte sie am Ohr und wisperte:
„Das reicht jetzt, alle sind friedlich geworden."

Morgentru atmete auf.
Dann ging sie weiter auf die Kinder zu
und begrüßte sie herzlich.

Alle Kinder sahen sie
freundlich und aufmerksam an.

„Guten Morgen.
Mein Name ist Morgentru Mariam Elfur
und ich freue mich, euch alle kennenzulernen."

„Guten Morgen," lautete die Antwort
und manche setzten noch hinzu:

„Schön, dich kennenzulernen", oder
„Ahh, da gehen wir auch hin", oder
„Schade, dass du nicht
in unsere Schule kommst."

So begann eine nette Unterhaltung
und als der Bus kam,
stiegen alle friedlich und gesittet ein.

Morgentru stellte sich auch
dem Busfahrer vor
und wünschte allen eine gute Fahrt.

Der Busfahrer, Herr Willmur,
war sehr überrascht.

Er fuhr seit zwanzig Jahren auf dieser Strecke
und dachte, er würde alles kennen,
was so möglich wäre.

Aber dass ein Kind ihn so herzlich begrüßte
und sich richtig vorstellte, war neu.

Überhaupt kam er aus dem Staunen
nicht heraus, denn alle Kinder
waren lustig und friedlich.

Was sonst immer
in Stress und Spannung ausartete,
die Rivalitäten
der einzelnen Schulen untereinander,

war heute einfach nur
Frieden und Fröhlichkeit.

Als er die Kinder
an allen Schulen abgeliefert hatte
und seinen Bus zurück ins Depot fuhr,
pfiff er fröhlich vor sich hin.

Da wurden der Pförtner
und seine Kollegen aufmerksam,
denn das war ja
ein ganz neues Verhalten bei ihm.

Er erzählte von der Fahrt
und seine Augen strahlten.

„Ich habe so das Gefühl. Da ändert sich etwas.
Heute war ein neues Mädchen im Bus.
Es hat sich mir richtig vorgestellt.

So etwas ist auch ganz neu für mich.
Als wäre ich wichtig für sie,
das war schön."

Und so ging er
mit guten Gedanken in den Tag.

In der Schule

Inzwischen erreichte Morgentru
mit den anderen Kindern den Schulhof.

Wieder atmete Morgentru
mit der Bitte um Licht und Frieden,
bis Rosalynn in ihr Ohr wisperte,
dass es nun genug sei.

Als der Gong ertönte,
stellten sich alle Kinder
klassenweise zu zweit auf.

Peter rief Morgentru an seine Seite
und sie war froh,
neben ihm bleiben zu können.

Ihr Herz klopfte vor Aufregung
und Rosalynn kitzelte sie im Ohr,
weil ihre Flügel so bebten.

Das Klassenzimmer

Das Klassenzimmer war ein hoher,
heller Raum mit zwanzig Einzelpulten
für alle Schüler und einem Lehrerpult
auf einem kleinen Podest vor der Tafel.

Morgentru lächelte. „Das sieht ja aus,
wie in meinem Elfenland Menschenbuch",
dachte sie und Rosalynn wisperte:

„Unglaublich, das ist ja total witzig"

Peter zeigte Morgentru
das für sie vorgesehene Pult
und sie legte ihre Mappe darauf.

Als sie sah, dass die anderen Kinder
ihre Sachen unter dem Pultdeckel verstauten,
tat sie es ihnen nach.

Gerade als sie fertig war,
öffnete sich die Tür
und die Lehrerin Frau Solair kam herein.

Alle Kinder stellten sich links
neben ihren Pulten auf
und riefen im Chor:

„Guten Morgen, Frau Solair."

„Guten Morgen, Kinder,"
antwortete sie mit freundlicher Stimme,
„bitte setzt euch."

Alle Kinder setzten sich hinter ihre Pulte.

Morgentru war etwas unschlüssig,
wie sie sich verhalten sollte
und blieb noch einen Moment stehen.

Da blickte Frau Solair sie an
und sagte: „Guten Morgen, Morgentru,
magst du zu mir nach vorne kommen?

Dann können dich alle sehen
und wir können uns auch kennenlernen."

„Gerne", antwortete Morgentru erleichtert
und ging zum Pult der Lehrerin.

Frau Solair war schon eine erfahrene Lehrerin,
die lange im Schuldienst tätig war
und ihren Beruf mit Freude ausübte.

Sie sah dieses strahlende Kind freundlich an
und schlug vor, dass Morgentru
ihren Namen an die Tafel schreiben sollte,
damit alle ihn lesen könnten.

Morgentru wollte das gerne tun,
doch sie sah ja nun zum ersten Mal
eine echte Tafel.

Womit man aber darauf schrieb,
hatte sie in der Aufregung vergessen.

Frau Solair merkte ihre Unsicherheit
und sagte: „Weißt du was,
heute mache ich das noch mal für dich

und ab morgen
kannst du so etwas auch selber tun."

Morgentru atmete hörbar auf:
„Ja, das ist gut, danke schön."

So schrieb Frau Solair
Morgentrus vollen Namen an die Tafel,
sodass alle ihn lesen konnten.

Morgentru freute sich
über den schönen Schriftzug,
den ihr voller Menschenname bildete.

Dann schickte Frau Solair
sie zurück an ihren Platz
und der Unterricht begann.

Morgentru kam an diesem Morgen
häufig ins Schwitzen,
denn vieles,
worüber die Lehrerin sprach
und was die Kinder können sollten,
war völlig neu für sie.

Peter hatte sein Pult neben ihrem
und ab und zu gab er ihr
eine kleine Hilfestellung,
sodass sie sich eher
zurechtfinden konnte.

Als es zur ersten Pause klingelte,
war Morgentru sehr erleichtert.

Frau Solair bat sie
in der Klasse zu bleiben.

Zuerst war Morgentru traurig darüber,
doch dann war sie zutiefst erleichtert
als Frau Solair sagte:

„Du solltest noch eine kleine Pause
vor den Fragen der Kinder haben.

Mutter Elvira unterrichtete mich,
dass es dein erster Besuch
an einer öffentlichen Schule ist.

Deshalb ist es vielleicht besser,
wenn du überlegst,
was du den Kindern sagen willst."

Morgentru seufzte auf.
Das war ja schwieriger,
als sie gedacht hatte.

Sie wollte immer aufrichtig sein,
doch die Wahrheit überforderte die Menschen.
Was sollte sie jetzt tun?

Rosalynnn wisperte:
„Du kommst aus einem anderen Land."

Morgentru atmete hörbar auf.
„Ja, das war die Wahrheit."

So konnte sie Rede und Antwort stehen
und immer wahrhaftig bleiben.

"Danke, Frau Solair,
das war eine gute Hilfe für mich,

jetzt weiß ich worauf ich achten muss,
vielen Dank!"

Frau Solair lächelte
und hatte ihre Freude
an dem klaren Blick des Kindes.

„Hast du schon mal mit Kreide
auf einer Tafel geschrieben?",
fragte sie.

Morgentru errötete:
„Nein, noch nie!"

„Willst du es jetzt mal versuchen?"

„Ja,gerne!"

Und so machte Morgentru
ihren ersten Schreibversuch

an einer Schultafel
in der ersten Pause
ihres ersten Schultages
an der Lucia-Schule.

Viel zu schnell klingelte es
zur nächsten Unterrichtseinheit.

So wischte Frau Solair
Morgentrus erste Schreibversuche
von der Tafel ab.

Als es zur Mittagspause klingelte,
war Morgentru hungrig, müde und aufgeregt.
Soviel war auf sie eingestürmt.

Peter führte sie zum Speisesaal und sagte,
als sie an einer Tür vorbeikamen
aus der leise Musik erklang:

„Dies ist der Ruheraum,
hier kann man sich hinlegen
und schlafen in der Mittagspause,
und da vorne ist der Speisesaal."

Morgentru überlegte,
ob sie sich gleich hinlegen
oder erst etwas essen sollte.

Sie entschied sich dann für das Essen,
weil ihr Hunger zu groß war.

Der Speisesaal
war von Stimmengewirr erfüllt.

Peter und Morgentru
mussten sich in eine Schlange
vor der Essensausgabe einreihen.

Doch da es zügig voran ging,
bekamen sie schnell ihre Speise.

Morgentru genoss ihr erstes Schulessen.
Viel zu schnell war ihr Teller leer,

Doch Peter bot an,
ihr noch einen Nachschlag zu holen
und Morgentru freute sich darüber.

Auch der zweite Teller war schnell geleert
und so fragte Morgentru Peter,
ob er ihr ein Signal geben könne,
wenn der Unterricht fortgesetzt würde?

Sie würde jetzt gerne
im Ruheraum schlafen.
Peter antwortete,
dass er sich auch schlafen legen wolle.

Der Schulgong würde sie rechtzeitig wecken,
außerdem wäre auch noch
eine Lehrerin zur Aufsicht da.

So gingen sie in den Ruheraum
und legten sich auf zwei freie Betten.

Morgentru schlief fast sofort ein
und wachte erfrischt wieder auf als der Gong ertönte.

Rosalynn wisperte leise in ihrem Ohr:
„Ah, das hat gut getan,
jetzt geht es mir auch wieder besser."

„Oh", dachte Morgentru erschrocken,
„dich hatte ich völlig vergessen!"

„Alles okay",
wisperte Rosalynn,
„mir geht es gut.

Marian hat mir ein Elfenlunchpaket mitgegeben
und so konnte ich auch gut speisen."

Morgentru atmete erleichtert auf
und musste dann bei der Vorstellung lachen,
wie sie Rosalynn von ihrem Mittagsmahl
etwas ins Ohr hätte reichen wollen.

Auch Rosalynn prustete
bei dieser Vorstellung los
und so kehrten sie wohlgemut
in den Unterricht zurück.

Im Kunstunterricht

Die erste Stunde nach dem Mittagessen
war der Kunstunterricht bei Frau Syne
und die Kinder bekamen die Aufgabe,
eine Elfe aus ihrer Fantasie heraus zu malen.

Morgentru freute sich darüber
und zeichnete eifrig ein Bild von Rosalynn.

Diese beobachtete alles genau
und half ihr mit kleinen Tipps weiter,
wenn Morgentru unsicher wurde.

„Schau nach innen,
sieh mich an,
denk an unseren Elfenbaum."

Die Lehrerin ging durch die Reihen
und begutachtete die Zeichnungen der Kinder.

Als sie zu Morgentru kam, war sie sprachlos.
Dieses Kind hatte ein so lebendiges Elfenkind
auf einem Baum gezeichnet,
dass man das Gefühl hatte,
es würde sich gleich verneigen und vom Blatt springen.

„Wo hast du so zu zeichnen gelernt?",
fragte Frau Syne Morgentru.

Diese blickte verblüfft auf.
„Das ist einfach so da.", sagte sie
und war noch ganz in ihrem Bild versunken.

Frau Syne lächelte leicht,
strich ihr über den Kopf
und ging zum nächsten Kind.

Zehn Minuten später
sammelte sie die Bilder ein
und hängte sie an der Seitenwand auf.

Da hingen die Traumbilder der Kinder nebeneinander
und alle waren auf ihre Art wunderschön.

Und doch begann ein großes Getuschel,
als Morgentrus Bild aufgehängt wurde.

Frau Syne forderte nun
ein Kind nach dem anderen auf,
etwas zu seinem Bild zu sagen,
ihm einen Namen zu geben
und ein Thema für eine Geschichte.

Alle Kinder hatten Spaß an dieser Aufgabe
und so verging die Zeit schnell.

Mit dem Gongschlag endete der erste Tag
in der Lucia-Schule für Morgentru.

Die Hausaufgabe,
eine Elfengeschichte zum Bild zu schreiben,
war leicht und angenehm für sie.

Peters Schwierigkeiten

Zusammen mit Peter
ging sie zur Bushaltestelle.

Sie bemerkte plötzlich,
dass er bedrückt war.

„Was ist los, kann ich dir helfen?",
fragte sie.

Peter seufzte:
„Schreiben fällt mir so schwer.

Geschichten erfinde ich leicht,
aber Aufschreiben dauert immer so lange
und macht mich so müde,
dass ich sie dann fast wieder vergesse."

„Ich helfe dir gerne, wenn du willst.
Ich könnte deine Sekretärin sein.

So übe ich das Schreiben
und du hast es auch leichter,
wie wäre das?"

Peter sah sie fragend an,
„Würdest du das für mich tun?"
„Ja klar, gerne."

Und so strahlte nun auch Peter
und sie fuhren fröhlich
nach einem erfüllten Schultag
nach Hause zu Mutter Elvira.

Marie und Ellen

Marie und Ellen hatten den ganzen Tag
Morgentru aus der Ferne beobachtet
und langsam wuchs ihre Neugier
etwas über sie zu erfahren.

Es hatte die beiden sehr beeindruckt,
wie die Stimmung an der Bushaltestelle
und in der Schule umschlug,
als Morgentru aufgetaucht war.

Auf dem Heimweg von der Bushaltestelle
sprach Marie Morgentru an:

„Morgentru, was hast du heute morgen
an der Bushaltestelle gemacht?"

Morgentru blickte sie verblüfft an,
denn durch den aufregenden Tag
hatte sie den Morgen schon wieder vergessen.

„Ah, jetzt erinnere ich mich,
ich habe ausgeatmet
und mir Licht und Frieden
für uns alle gewünscht", antwortete sie.

Marie blickte sie verblüfft an:
„Licht und Frieden für uns alle,
wieso das denn?

Ein schöner Streit und Kampf
sind doch viel interessanter."

Jetzt war Morgentru überrascht:
„Findest du?

Aber dann
muss man ja immer wachsam sein
und auf der Hut.

Und alle Kraft,
die man für schöne Dinge
einsetzen könnte,

würde damit verbraucht,
das wäre doch schade."

Marie seufzte tief,
ja, das stimmte.

Sonst musste sie immer
auf der Hut sein.

Heute war der erste Tag,
an dem sie sich ganz frei
und leicht gefühlt hatte.

Und sie hatte viel Spaß gehabt
und sogar im Unterricht
war sie dreimal gelobt worden,
weil ihre Antworten richtig waren.

Sie blickte Morgentru in die Augen,
errötete und bedankte sich leise.

Morgentru freute sich
und reichte ihr die Hand.
„Wollen wir Freunde sein?"

Marie strahlte
und drückte ihre Hand ganz fest.

„Ja, gerne!"

Ellen hatte alles mitangehört
und in diesem Gespräch war etwas,
das ihr die Tränen in die Augen trieb.

Doch anstatt wie sonst
hässliche Bemerkungen zu machen,
damit sie den Kummer unterdrücken konnte,

stand sie einfach nur da
und die Tränen rannen über ihr Gesicht.

Als Morgentru Marie die Hand gegeben hatte,
sah sie Ellen in ihrem Kummer,
lächelte sie voller Liebe an und sagte:

„Wollen wir auch Freundinnen sein?"
Ellen nickte heftig.

Dann umarmten sie sich beide
und Ellen legte ihren Kopf
auf Morgentrus Schulter
und weinte lange.

Morgentru stand ganz still und aufrecht.
Sie spürte die Kraft, die durch sie floss,
indem sie Ellens Kummer Raum und Halt gab.

Innerlich dankte sie der Liebe,
die alles trägt und durchfließt,
für dieses schöne Geschenk.

Als Ellen sich wieder beruhigt hatte,
richtete sie sich auf
und sah Morgentru mit klarem Blick in die Augen.

„Ich freue mich
und es ist mir eine Ehre
deine Freundin zu sein."

Und dann umarmten sich
die beiden nochmal.

Peter hatte die ganze Zeit
still dabei gestanden.

Er wünschte sich auch,
dazu gehören zu dürfen,
war aber zu schüchtern um zu fragen.

Da wandte Morgentru sich ihm zu
und lächelte ihn an:

„Peter, wollen wir auch Freunde sein?"

„Ja, von ganzem Herzen gerne",
strahlte er glücklich zurück.

Marie und Ellen wandten sich
jetzt auch Peter zu und fragten:

„Willst du auch unser Freund sein?"
Peter sah sie nacheinander prüfend an.

Sie hatten ihn schon sehr gequält,
doch ihre Augen hatten sich verändert.

Sie waren rein und klar geworden
und so seufzte er glücklich auf
und sagte: „Ja wirklich, sehr gerne."

So gingen die vier Kinder
Arm in Arm, in einer Reihe eingehängt
einträchtig zu Mutter Elvira.

Diese hatte sich schon Gedanken gemacht,
warum es heute wohl länger dauerte
bis die Kinder kamen.

So blickte sie
ab und zu den Weg entlang,

ob sie schon zu sehen wären.

In ihrem Herzen spürte sie,
dass alles friedlich war.

So war sie gespannt auf das,
was sie erfahren würde.

Als sie die vier strahlend
und einträchtig auf sich zukommen sah,
atmete sie doch auf.

Ein Kitzeln an ihrem Ohr verriet ihr,
dass Rosalynn schon vorgeflogen war.

„Alles paletti", wisperte sie.
„ich habe Hunger! Es war super!
Und ich bin platt wie 'ne Flunder."

Mutter Elvira lächelte.

In diesem Moment
öffnete sich das Küchenfenster
und Marian streckte
ihre flach geöffnete Hand
zum Willkommen heraus.

Rosalynn kicherte leise
und schwirrte ab zu Marian.

Die anderen waren jetzt auch herangekommen
und begrüßten Mutter Elvira fröhlich.

„Es war schön
und ich habe einen Bärenhunger."

„Wir sind jetzt gute Freunde
und ich habe Hunger."

„Morgentru hat ein Superelfenbild gemalt."

„Im Bus haben sich alle vertragen
und ich hab auch Hunger."

So klang es durcheinander.

Mutter Elvira lachte
und scheuchte die Kinder ins Haus
zum Händewaschen, Umkleiden und Essen.

So stürmten alle die Treppe hoch,
verschwanden in ihren Zimmern
und waren flugs wieder im Speiseraum
am Essenstisch versammelt.

Mutter Elvira freute sich besonders,
dass Peter jetzt genauso fröhlich
am Tischgespräch teilnahm, wie die anderen.

Es schien,
dass heute viel Gutes geschehen war,

Auch die Zwillinge wirkten geklärt und froh
und Morgentru strahlte sowieso.

Als die heiße Suppe auf dem Tisch stand
und das Tischgebet gesprochen war,
herrschte eine einträgliche Stille.

Sie wurde nur vom Geklapper des Geschirrs
gelegentlichem Bitten um Brot
oder sonstigen Zureichungen unterbrochen.

Als Hauptgang gab es einen großen Auflauf,
in dem jeder finden konnte,
was ihm schmeckte
und zur Nachspeise Elfensalat.

Das war eine Zusammenstellung
von gekühlten Früchten
und Blättern der Jahreszeit
mit einer warmen Vanillesoße kombiniert.

„Mmh, das schmeckt wie zuhause",
schnurrte Morgentru.

Die anderen sahen sie an und sagten:

„Genau, jetzt erzähle doch mal,
woher du kommst."

Morgentru schluckte:
„Oh wei," jetzt ging es los.

Die Vorstellungsrunde

Mutter Elvira half ihr,
indem sie sagte: „Gute Idee,
wir machen eine Vorstellungsrunde.

Dann erfahren wir alle
etwas mehr voneinander
und können vielleicht auch
manches besser verstehen.

Ich fange an.
Ich bin Mutter Elvira Elbin Trajor.

Seit fünfzehn Jahren wohne ich hier
mit meinem Manne Trogan Trajor
und habe eine Pension
für Schüler und alleinlebende Menschen.

Außerdem mache ich
Elfenschmuck und -figuren
und verkaufe sie an kleine Lädchen
oder auf Märkten.

So, das wars erst mal von mir.
Ich gebe weiter an Marie."

Marie nickte und sagte:
„Bis heute war ich gemein
und habe viel Kraft aufgewendet,
um anderen weh zu tun.

Ich musste sie klein halten,
damit niemand meine Angst bemerkt.

Doch heute ist ein besonderer Tag,
an dem ganz viel Schönes geschehen ist.

Und das Beste ist
meine neue Freundin
Morgentru Mariam Elfur,

Das war's
und ich gebe weiter an Ellen."

„Ja", sagte Ellen,
„das, was meine Schwester gesagt hat,
kann ich nur unterstreichen,

Mir geht es genauso.
Doch will ich heute
noch mehr von uns erzählen.

Wir kommen aus einem kleinen Dorf
und sind von Anfang an
immer von anderen Kindern
geärgert und ausgelacht worden.

Es war so schlimm,
dass wir beide sehr krank wurden.

Als es uns besser ging,
beschlossen unsere Eltern
uns woanders einzuschulen,
um uns eine neue Chance zu geben.

So kamen wir hierher.

Aus unserer Erfahrung heraus
beschlossen wir,
den Spieß jetzt umzudrehen
und die anderen zu ärgern.

Doch damit waren wir dann
genauso alleine,
nur nun fürchteten die Anderen uns.

Gott sei Dank,
dass das jetzt vorbei ist,

denn es war sehr anstrengend.
Das war's
und ich gebe weiter an Peter."

„Ja, ich bin hier,
weil meine Eltern
bei einem Verkehrsunfall
ums Leben kamen.

Meine Verwandten dachten,
dass es für mich gut sei,
in meiner vertrauten Klasse zu bleiben.

Doch aus meiner Klasse weiß niemand davon.

Die meisten denken,
Mutter Elvira und Vater Trogan
wären meine Eltern.

Ich lasse sie in dem Glauben,
weil ich dadurch Ruhe habe."

Nach diesen Worten
wurde es ganz still am Tisch

Marie und Ellen hatten
puterrote Köpfe bekommen.

Schließlich ergriff Mutter Elvira das Wort:

„Das ist gut, Peter.
Von nun an wollen wir es so halten,
dass du unser Pflegesohn bist,
solange du es brauchst und sein willst."

Liebevoll sah sie ihn an
und in seinen Augen
glänzten Tränen der Dankbarkeit.

Leise unterdrückte Schluchzer
zeigten, wie tief das Leid des Jungen war.

Nach einer Weile stand Mutter Elvira auf,
ging zu Peter und nahm ihn behutsam in die Arme.

Er schlang seine Arme um ihren Bauch
und verbarg seinen Kopf an ihrer Brust.

Endlich konnte er laut weinen
und fühlte sich in seinem Kummer
gehalten und geborgen.

Die anderen saßen still am Tisch,
mit Tränen in den Augen.

Sie waren tief bewegt
und plötzlich auch voller Respekt
vor dem was geschah.

Endlich hatte Peter sich wieder beruhigt
und nun warteten alle gespannt
auf Morgentrus Vorstellung.

„Ich komme aus einem ganz anderen Land
mit besonderen Sitten und Gebräuchen.

Ich bin froh, hier sein zu dürfen,
das Leben hier kennenzulernen
und so wundervolle Freunde gefunden zu haben.

Das war´s."
Erleichtert atmete sie auf.

Alles stimmte,
war wahrhaftig und geschützt zugleich.

Die anderen nickten.
Jetzt war es für heute genug.

„Wollen wir alle zusammen
einen schönen Spaziergang machen?",
fragte Mutter Elvira.

„Oh ja, das machen wir",
und alle sprangen erleichtert auf,
deckten gemeinsam den Tisch ab,
und brachten das Geschirr in die Küche.

Dort gesellte sich dann auch
Rosalynn wieder zu ihnen
und sie brachen zum ersten Spaziergang
für Morgentru und Rosalynn
in der Menschenwelt auf.

Der Spaziergang

Sie gingen durch die Küche in den Garten,
der voller Blütenpracht war
und besonders Elfenherzen höher schlagen ließ.

Ein schmaler Weg schlängelte sich
zu einem Steinwall,
in dem ein kleines Törchen
den Weg auf die Wiesen
und in den Wald freigab.

„Oh, wie schön ist es hier,
wie schön", rief Morgentru
ein ums andere Mal aus.

Ihre Freude
steckte die anderen an,
auch immer neue Entdeckungen zu machen.

Sei es ein besonders schönes Spinnennetz,
ein hübscher Schmetterling
oder eine besondere Blume,
die eines von ihnen entdeckte.

Mit den Augen der Freude
und des Dankes war alles
wie verzaubert und wunderschön.

Auch Mutter Elvira
hatte ihre helle Freude
an diesem Ausflug.

Sie genoss die angenehme Nachmittagsonne,
die alles in ein goldenes Licht tauchte.

Auf der Wiese hatten sich alle ins Gras gelegt
und hingen ihren Gedanken nach.

Morgentru flocht selbstvergessen
einen Kranz aus Blüten und Gräsern
und sang leise dazu.

Plötzlich kitzelte es an ihrem Ohr
und Rosalynn wisperte:

„Achtung, die anderen werden aufmerksam,
du singst Elfenlieder."

Morgentru stoppte abrupt und errötete.
„Oh, warum hörst du auf?",

riefen die anderen enttäuscht.

„Bitte singe doch weiter,
es war so schön und tröstlich."

Morgentru war doppelt überrascht,
zum einen, dass sie ihre Sprache
weiter benutzen konnte.

Und zum anderen darüber,
welche Wirkung die Lieder
auf die anderen hatte.

Jetzt sahen Marie und Ellen
ihren Blumenkranz
und wollten auch gerne lernen,
wie man solche Kränze band.

Auch Peter machte mit
und bald hatte jedes Kind
einen Blütenkranz auf dem Kopf
und alle sahen hübsch damit aus.

Sogar Peter, der sich erst schämte,
freute sich an der Begeisterung der anderen.

Marie hatte einen Taschenspiegel dabei
und darin konnte er selber entdecken,
wie gut ihm der Kranz stand.

„Du siehst aus wie ein Elfenknabe",
sagte Ellen.

„Ich habe ein Bild zuhause,
das zeige ich dir gleich.
Ich mag es sehr gerne."

Zuerst fürchtete Peter Spott,
doch dann merkte er,
dass Ellen ehrlich war und er atmete auf.

Jetzt konnte auch er aufrecht
seinen Schmuck tragen.

Auch Mutter Elvira
hatte mit Gräsern und Blüten gearbeitet
und einen kleinen Tischläufer zusammengebunden.

Die Kinder waren ganz sprachlos
und wollten gerne lernen,
wie so ein Blütenläufer entstünde.

Mutter Elvira nickte,
ja, das sollten sie alle lernen.

Nur jetzt sei es Zeit heimzugehen
und mit den anderen
das Abendbrot zu essen
und den Abend zu verbringen.

Alle waren einverstanden
und so zogen sie einträchtig heim.

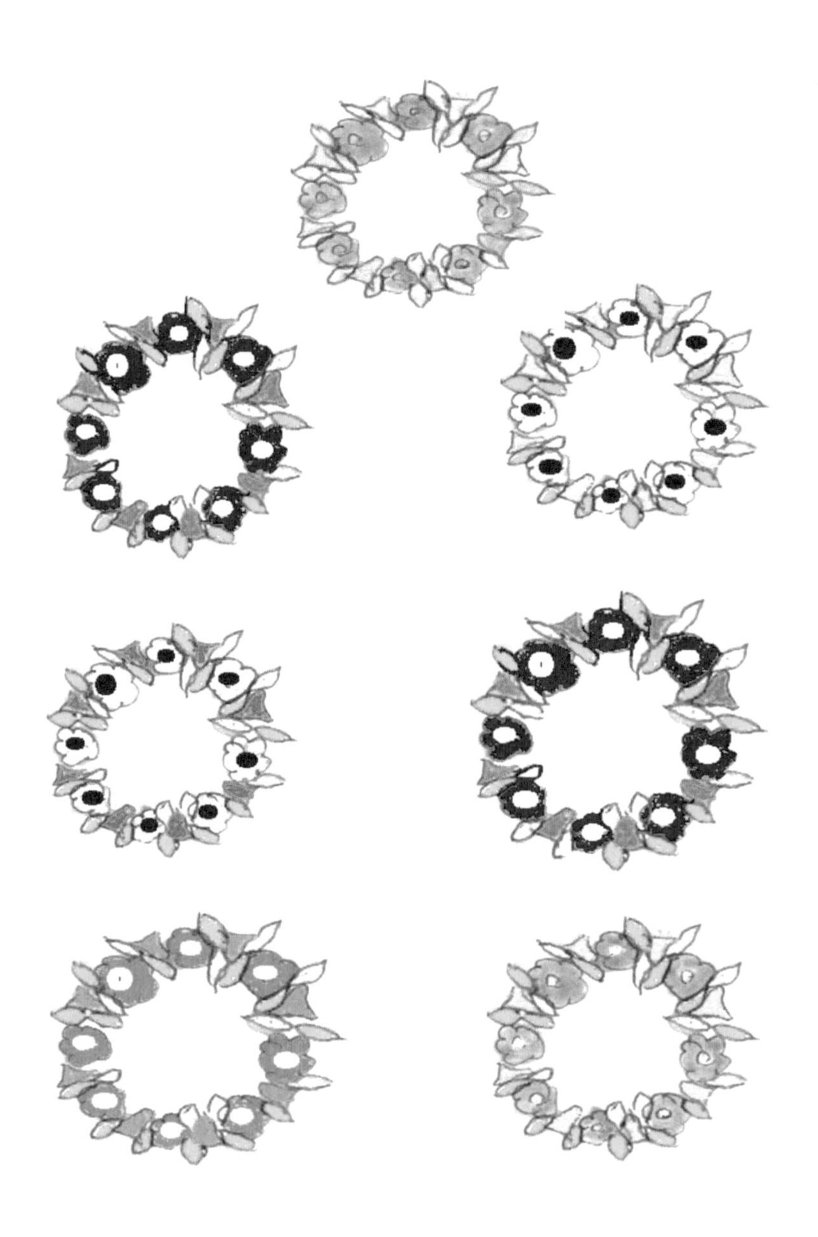

Rosalynn

Nach der ersten Woche
hatte Morgentru sich schon gut
in der Menschenwelt eingelebt
und viele Freunde gefunden.

Da bemerkte sie,
dass Rosalynn immer stiller wurde.

Gewohnt, immer über alles
miteinander reden zu können,
sprach Morgentru:
„Was ist los mit dir?"

Rosalynn hockte mit hängenden Flügeln
auf dem Bettpfosten und seufzte:

„Du hast jetzt so viele Menschenfreunde
und ich habe nur dich, Marian
und Mutter Elvira zum Reden.

In der Schule muss ich mich verbergen
und überhaupt immer aufpassen,
dass ich unsichtbar und unhörbar bleibe.

Ich bin sehr einsam und ich habe Heimweh."
Danach kullerten
zwei kleine Elfentränchen
aus ihren Augen.

Morgentru war ganz erschrocken.
Alles was Rosalynn sagte,
war gut zu verstehen.

Sie selber würde sich
genauso einsam fühlen wie Rosalynn.

„Was können wir bloß tun?"

„Es gibt zwei Möglichkeiten.
Entweder ich kehre heim,
oder ich werde auch
die menschliche Gestalt annehmen",
sagte Rosalynn.

„Könntest du das denn?",
fragte Morgentru hoffnungsfroh.

„Ja, die Elfendala hat gesagt,
wenn ich es möchte
und du auch einverstanden bist,

dann würde es gehen."
„Ob ich einverstanden bin?

Sag mal, allein der Gedanke,
ich könnte etwas dagegen haben,
macht mich traurig.

Ach Rosalynn,
wenn du genauso wie ich
menschlich wärest,
das wäre wunderschön",
rief Morgentru mit Tränen in den Augen.

„Wirklich, würdest du dich darüber freuen?",
fragte Rosalynn ganz verzagt.

„Ja, ja, ja, ja, ja,
tausendmal super ja",
jauchzte Morgentru.

Dann tanzte sie so laut durch den Raum,
dass die anderen an die Tür klopften,
um zu fragen, was denn los sei.

Das brachte Morgentru wieder zur Ruhe.
Dann sagte sie,

dass sie eine schöne Überraschungsidee
für alle hätte.

Aber noch wäre sie ein Geheimnis.
Die anderen zogen sich zwar neugierig,
aber zufrieden zurück.

So konnten Rosalynn und Morgentru beratschlagen,
wie Rosalynn am besten
in die Menschenwelt einziehen könnte.

Als sich die beiden einig waren,
lief Morgentru mit Rosalynn im Ohr
zu Mutter Elvira und bat um ihre Mithilfe.

Diese hatte schon eher damit gerechnet
und sich auch schon ihre Gedanken gemacht.
So fanden sie eine gute Lösung
für Rosalynn und Morgentru.

Das Päckchen

Am nächsten Morgen beim Frühstück
klingelte es an der Haustür
und Vater Trogan brachte ein Päckchen herein.

„Eine Sonderpost für Prinzessin Morgentru",
schmunzelte er.

Morgentru war völlig überrascht,
wer sollte ihr ein Päckchen senden?
Der Absender war nur
eine kleine, glitzernde Blume.

„Darf ich es jetzt öffnen?",
fragte sie Mutter Elvira.

„Ja, wir sind alle gespannt,
was und von wem es ist",
nickte diese.

So öffnete Morgentru das Päckchen
und fand einen wunderschönen Brief darin vor
und viele Geschenkpäckchen.

Sie nahm eines nach dem anderen heraus
und las die Adressen vor.

Für Marie, für Peter,
für Ellen, für Mutter Elvira
und so weiter.

„Das ist ja schön.“, strahlte Morgentru
und verteilte die Päckchen voller Freude.

Alle waren aufgeregt, überrascht
und nach kurzem Auspacken
hörte man nur noch Aahs und Oohs.

Jeder fand in seinem Päckchen
einen kleinen, wundervollen
Elfenschmuckanhänger mit Kette,
sodass alle in kurzer Zeit
geschmückt am Tische saßen.

Wirklich alle, sogar Herr Perla
hatte eine Krawattennadel bekommen
und konnte vor Rührung kaum sprechen.

Er schnappte immer wieder nach Luft,
wie ein Fisch auf dem Trockenen.

Dann sagte er stockend:
„So etwas Schönes
habe ich noch nie besessen.

Danke Prinzessin Morgentru,
möge Gott dich
und deine Familie segnen."

Jetzt war es an Morgentru verlegen zu sein.
„Das möchte ich doch gleich richtig stellen",
sagte sie.

„Ich komme aus einem anderen Land,
doch dort bin ich ein normales Kind,
wie hier.

Von Prinzessinnen lesen wir bei uns
nur in Märchenbüchern."

Herr Perla lächelte und sagte:
„Ich weiß schon.
Es war ein Zeichen meiner Hochachtung
dich so zu nennen."

Morgentru errötete und bedankte sich.

Dann bat sie, sich einen Moment
zurückziehen zu dürfen,
um den Brief lesen zu können.

Vater Trogan,
der auch eine schöne Krawattennadel
bekommen hatte, sagte:

„Geh nur Kind,
ich bringe euch später alle zur Schule,
dann habt ihr jetzt noch etwas Zeit."

Lauter Jubel umbrandete den Tisch,
denn mit Vater Trogan zu fahren,
war für alle das besondere Geschenk.

Morgentru rannte auf ihr Zimmer
und öffnete den Brief.

Sie war auch deshalb verwirrt,
weil Rosalynn fort war
und sie sich Sorgen machte,
wo sie wohl geblieben sein könnte.

Der Rosenblattbrief

Liebste Morgentru,

nun bist du schon
eine Woche lang fort
und wir freuen uns,
dass es dir so gut geht
und du auch
so nette Menschenfreunde
gefunden hast.

Mutter Elvira sagte,
wieviel Schönes
schon passiert sei
und Rosalynn
kommt ja jetzt auch
als Mensch zu euch,
das freut uns besonders.

Morgentru atmete auf.
Deshalb war Rosalynn verschwunden.

„Wenn sie als Mensch kommt,
achte darauf, alle anderen Menschenkinder
in eure Gemeinsamkeit einzubeziehen.

Es wäre schade, wenn sie sich
zurückgestoßen fühlen würden.

Mein liebes Kind
für uns ist es ganz komisch gewesen,
dich in Menschengestalt zu sehen
und im Gespräch
mit den anderen Kindern
auf der Wiese.

Du warst plötzlich so riesig.
Bitte erinnere dich immer deiner Wurzeln
und sei gewiss, dass wir da sind,
wenn du unsere Hilfe brauchst.
Wir lieben dich.

Deine Mama Mariam und dein Papa Elfur

Morgentru schluckte und eine kleine Träne
fiel auf den winzigen Rosenblattbrief.

Meine Mama und mein Papa!
Sie haben uns gesehen
und so schöne Geschenke gemacht.

So sind sie ganz nah,
oh wie schön
und Rosalynn kommt
und ich werde alles beherzigen,
was sie mir als Rat mitgeben.

In dem Briefumschlag
war neben dem Rosenblattbrief
noch ein kleines flaches Päckchen.

Als Morgentru es öffnete,
fielen ganz zarte Goldstreifen heraus
die an einer Kette hingen.

Als sie die Kette anhob,
ordneten sie sich zu einem Elfenpaar.

Es sah genauso aus
wie Mama und Papa.

Jetzt war es ganz vorbei
mit Morgentrus Fassung

Sie weinte so sehr
vor Freude, Sehnsucht, Glück,
Dankbarkeit und Liebe.

Schließlich versiegte der Strom ihrer Tränen
und sie hörte ein feines Pochen an der Tür.
„Herein bitte."

Mutter Elvira öffnete die Tür
und als sie Morgentrus Gesicht sah,
kam sie herein und fragte, was los sei.

Morgentru zeigte ihr
den Schmuck und den Brief
und Mutter Elvira lächelte
mit einer Träne der Rührung in den Augen.

„Das ist wunderschön, Morgentru.
Ich habe auch noch
ein kleines Geschenk für dich."

Sie öffnete eine kleine Schmuckschatulle,
in der ein Medaillon mit einer Kette lag.

Es schien in Form und Größe
genau für den Rosenblattbrief
gemacht zu sein.

„Oh",flüsterte Morgentru,
„und das ist für mich?"

„Ja, mein Kind, das ist für dich.
Du kannst sowohl den Brief,
als auch deinen Elfenschmuck
darin bewahren und am Hals tragen."

„Das ist eine wundervolle Idee,
ganz herzlichen Dank,
liebe Mutter Elvira",
strahlte Morgentru.

Dann öffnete sie das Medaillon,
legte den Rosenblattbrief
in die eine Hälfte
und den Elfenschmuck
in die andere.

Mutter Elvira reichte ihr
noch eine kleine Zwischenwand,
sodass niemand den Elfenschmuck sehen konnte.

Danach legte sie Morgentru die Kette
mit dem verschlossenen Medaillon
um den Hals.

Und beide bestaunten vor dem Spiegel
diesen außergewöhnlichen Halsschmuck.

Denn auch das Medaillon
war von erlesener Zartheit.

Es hatte auf seiner Oberfläche
ein Ornament verwobener Linien und Figuren,
das sich zu einem harmonischem Ganzen
als Frauenkopf zusammenfügte.

Morgentu war erst ganz still,
dann sagte sie leise zu Mutter Elvira:
„Die Sprache der Zeichen verstehe ich."

„Ich weiß,
die Elfendala gab es mir für dich,
als Schutz und Begleitung",
lächelte Mutter Elvira zurück.

Morgentru hatte wieder
Tränen in den Augen:

„Wie kann man soviel Liebe
und Glück verkraften?", fragte sie.

„Indem man sie
aus vollem Herzen
und reiner Seele weitergibt,
zum Wohle aller",
antwortete Mutter Elvira.

„Und nun lass` uns gehen,
sonst fängt die Schule heute
ohne dich an.

Auch wenn Vater Trogan
sich noch soviel Mühe gibt,
euch rechtzeitig hinzubringen."

„Oh ja, das wäre doch schade
um jede verpasste Minute."

Und Morgentru rannte aus dem Zimmer,
hüpfte die Treppe hinab,
schnappte ihre Schultasche
und sprang in den Elfenbus.

Dann winkte sie Mutter Elvira nochmal zu
und ab ging es zur Schule.

Alle vier Kinder
sprachen über die schönen Geschenke,
bewunderten sich gegenseitig
und waren fast zu schnell da.

Gerade bog auch der Schulbus
um die Ecke und hielt an.

So konnte Morgentru
dem Fahrer noch einen guten Tag wünschen,
um dann im Pulk der Kinder
in die Klasse zu eilen.

In der Pause

In den Pausen wurden die vier Kinder
von den anderen umringt und ausgefragt,
denn die Schmuckstücke leuchteten so sehr,
dass alle aufmerksam geworden waren.

Paul war der stärkste Junge in der Klasse
und Peter war sein bevorzugtes Opfer.

Immer wenn er konnte, quälte er ihn.
Auch heute näherte er sich ihm von der Seite,
um ihn in den Schwitzkasten zu nehmen,

das heißt
seinen Kopf in seiner Armbeuge einzuklemmen
und ihm eventuell mit der anderen Hand
ein paar Kopfnüsse zu verpassen,
gewürzt mit gehässigen Bemerkungen.

Doch in dem Moment,
als er siegesgewiss
Peters Kopf einquetschen wollte,
drehte dieser sich zur anderen Seite.

Paul, der sich auch
auf ihm abstützen wollte,
taumelte und wäre gefallen,

wenn Peter ihn nicht aufgefangen
und gehalten hätte.

Das war nun schwierig für Paul
und kostete ihn eine große Überwindung,
Peter anzusehen und sich bei ihm zu bedanken.

Wie erstaunt war er,
als er Häme erwartete
und reine Liebe
in den Augen des Anderen sah.

Kopfschüttelnd ging er davon.
Etwas war heute anders als sonst.

Die Kinder, die den Vorfall beobachtet hatten
und gerade zu spotten beginnen wollten,
wurden ganz still und zogen sich zurück.

Am Ende des Schultages
suchte Paul Peters Nähe.

„Wie hast du das heute morgen gemacht?"
„Weiß nicht, das kam einfach so.

Von dir bemerkte ich erst etwas,
als du fielst und den Rest kennst du ja",
antwortete Peter ruhig.

Paul bedankte sich nochmals
und alle, die ihn kannten,
waren total überrascht
von seiner Reaktion.

Zuhause angelangt
rannte Morgentru zuerst auf ihr Zimmer,
warf die Schultasche in die Ecke
und rief Rosalynn.

Doch alles blieb stumm.
„Ich mache mir doch Sorgen.",
murmelte Morgentru vor sich hin.

Geschenke hin oder her,
Rosalynn war fort
und fehlte ihr sehr.

Da klopfte es zaghaft an die Zimmertür

und als Morgentru „Herein“ rief,
öffnete sie sich
und ein rundliches, hübsches Mädchen
mit funkelnden Augen kam herein.

„Guten Tag,
mein Name ist Rosalynn Susann Alfgar.“

Morgentru ließ sich auf das Bett zurückfallen
und lachte schallend.

„Das ist ja super, das ist ja wunderbar,
Gott sei Dank, dass du da bist.“

Dann sprang sie auf
und umarmte ihre Freundin herzlich.

Dann wirbelte sie sie herum
und öffnete die Badezimmertür,
sodass sich beide
im Spiegel sehen konnten.

„Wir sehen richtig menschlich aus,
Fräulein Rosalynn Susann Alfgar.

Finden Sie nicht auch?",
imitierte Morgentru
Vater Trogans tiefen Bass.

„Ja, das gefällt mir sehr gut,
Morgentru Mariam Elfur.",
piepste Rosalynn zurück
und klimperte mit den Augen.

Beide lachten und liefen Arm in Arm
die Treppe herunter zum Abendbrot.

Alle anderen waren schon versammelt
und so konnte Morgentru
ihre Freundin vorstellen,
und alle begrüßten sie herzlich.

Nachdem sie gegessen hatten,
fragte Mutter Elvira,
was heute in der Schule vorgefallen sei.

Peter erzählte
von der wunderbaren Veränderung,
die sich bei Paul ereignet hatte und sagte:

„Ich hoffe, es bleibt so,
denn dann könnten wir
vielleicht Freunde werden."

Auch die Zwillinge erzählten
und dann schauten alle
gespannt auf Rosalynn.

„Willst du uns auch etwas von Dir erzählen?",
fragte Mutter Elvira schließlich lächelnd.

Rosalynn errötete und wand sich etwas:
„Na ja, ich komme wie Morgentru
aus einem anderen Land.

Ihre Berichte waren so schön,
dass ich meine Eltern bat,
auch herkommen zu dürfen,

um hier leben und lernen zu können.
Das wars", schloss sie erleichtert.

Alle lachten und so wurde der Abend
in fröhlicher Stimmung fortgesetzt.

Schließlich stand Rosalynn auf und sagte:
„Ich will doch Marian besuchen,
sie war immer so nett zu mir."

Die drei anderen Kinder
sahen sie überrascht an.

Morgentru biss sich auf die Lippe und tat,
als hätte sie nichts gehört.

Marian

Rosalynn war schon zur Küche gegangen
und hinter der Küchentür verschwunden,
als Marie sie fragte:

„Woher kennt sie sich so gut hier aus?
Woher kennt sie Marian
und wobei hat diese ihr geholfen?"

Mutter Elvira lächelte: „Ihr seht,
Morgentrus Berichte waren sehr gut.

Und Rosalynn ist ja schon
seit heute morgen hier.

Und so hatte sie
genug Zeit und Gelegenheit
Marian kennenzulernen."

Morgentru atmete ganz leise
und langsam aus.
Puh, das war gerade noch mal gutgegangen.

„Ach so", sagten Marie und Ellen in einem
und alles war wieder in Ordnung für sie.

Nach einer Weile kamen Marian und Rosalynn
wieder in den Raum
und setzten sich zu den anderen.

Marian sah aus, als hätte sie geweint.

Und an ihrem Hals hing
ein winziger Elfenanhänger aus Kristall,
der sich die ganze Zeit drehte.

Alle schauten fasziniert auf diesen Anhänger
und die Überraschung wurde noch größer,
als Marian mit rauher, schwerer Stimme
langsam zu sprechen begann.

„Heute ist ein besonderer Tag für mich,
denn eine große Last wurde von mir genommen.

Ein Schweigegelübde wurde gelöst
und so darf ich jetzt wieder sprechen.

Danke, Morgentru und Rosalynn
für euer Kommen.

Danke Mutter Elvira und Vater Trogan
für eure Unterstützung, Hilfe

und den Schutzraum,
den ihr mir gewährt habt.

Gott segne und schütze euch alle.

Und danke auch euch anderen
für eure Fairness, die ihr mir
in der Zeit des Schweigens entgegenbrachtet."

Als Marian geendet hatte,
war es ganz still am Tisch.

Alle strahlten voller Freude,
nur Marie und Ellen
hatten tiefrote Köpfe bekommen.

Marie sprach als erste:
„Verzeih Marian.
Doch die Wahrheit ist.

Wir haben Dich gequält und geärgert
und nun tut es mir doppelt leid.

Einmal, weil du uns immer
freundlich und hilfsbereit begegnet bist
und zum anderen, weil ich ja selber weiß,

wie weh es tut,
wenn man verletzt wird."

„Ja", schloss Ellen sich an:
„mir tut es auch sehr leid.
Es ist geschehen.

Doch nun ist soviel Heilendes
in unserem Leben passiert,
dass wir alles neu
und anders machen können.

Ganz herzlichen Dank daher auch
an Morgentru und Rosalynn,
die uns durch ihr Kommen
soviel Glück gebracht haben."

Und sie verneigte sich leicht
vor Morgentru und Rosalynn.
Jetzt ergriff Peter das Wort und sagte:

„Auch ich bin so froh, dass ihr da seid,
denn alles ist soviel leichter geworden.

Und du Rosalynn bist mir so vertraut,
als kenne ich dich schon lange.

Wenn du kein Mensch wärest,
würde ich denken, du seist eine Elfe.

Denn in der Schule,
wenn ich Schwierigkeiten hatte
Antworten zu geben oder zu schreiben,
war immer ein feines Wesen bei mir.

Das flüsterte mir die Antworten ins Ohr
oder führte mir manchmal den Stift,
sodass ich das Rechte
sagen oder schreiben konnte.

Und die Stimme dieses Wesens
war wie deine,
nur sehr leise und zart."

Alle saßen mit offenem Munde da,
dass Peter so feinfühlig war,
überraschte sie.

Rosalynn hatte jetzt auch
einen puterroten Kopf.

Sie blickte hilfesuchend
abwechselnd zu Morgentru,

Mutter Elvira,
Marian und Vater Trogan.

Schließlich ergriff Vater Trogan das Wort:
„Wie schön Peter, dass du
auf so wunderbare Weise
Hilfe bekamst.

Du hast es wahrscheinlich verdient,
egal wer es war, der dir half.

Jetzt wollen wir alle tanzen und singen,
damit wir uns nach all den Wundern bewegen
und gut zu Bett gehen können."

Damit stand er auf,
nahm eine kleine Harfe zur Hand
und stimmte ein lustiges Lied an.

Alle fielen nach und nach
in dessen Refrain ein
und tanzten schließlich
in großem Kreis,
erst durchs Haus
und dann durch den Garten
über die Wiese und zurück ins Haus.

LIED im Elfenland

Im Elfenhain im Kristallland
da tanzen die Elfen klein.
Sie reichen sich die Elfenhand
und tanzen Ringelrein.

Die Elfendala zart und schön
thront im Kristallpalast.
So kann sie alle Elfen sehen,
was ihr auch sehr gut passt.

REFRAIN:

Im Elfenland in Kristallin
da leben alle Elfen drin,
die Trolle, Gnome und dazu
Kobolde, finden Glück und Ruh.
Die feiern, feiern Tag und Nacht.
Das macht, dass ihre Seele lacht.

Der Elfenrat sitzt um sie her
gelassen und voll Freud.
Sie alle tanzen mehr und mehr
in einer anderen Zeit.
Die Elfenkinder schweben
hier und da herum im Kreis,

formieren sich mal so und so,
wie es ein jeder weiß.

REFRAIN

Geheime Zeichen weben sie
voll Kraft mit leichter Hand.
Bewahrer alter Wissenskunst
sind sie in diesem Land.

So lasst uns achten, ehren sie,
als Freunde mit Geschick
als Glück- und Segensspendende
auf unserm Weg ins Glück..

REFRAIN
Im Elfenland in Kristallin
da leben alle Elfen drin,
die Trolle, Gnome und dazu
Kobolde, finden Glück und Ruh.
Die feiern, feiern Tag und Nacht.
Das macht, dass ihre Seele lacht.

„ Das war schön, Vater Trogan,
das war soo schön, nochmal",
riefen alle fröhlich durcheinander.

Vater Trogan lachte
und sie sangen und tanzten
noch einmal und noch einmal.

Doch danach schickte Mutter Elvira sie ins Bett,
denn am nächsten Morgen sollten sie ja
in der Schule wach und fit sein.

Frieden

Am nächsten Morgen weckte Vater Trogan sie
mit dem Elfenlied und so kamen alle
heiter und fröhlich an den Frühstückstisch.

„Nun Rosalynn, was träumtest du
in dieser ersten Nacht bei uns?",
fragte Mutter Elvira.

Rosalynn lächelte und sagte:
„Ich träumte
von einer großen Versammlung aller Wesen.
Menschen, Tiere, Pflanzen,
Steine, Elfen, Trolle, Gnome
und was es sonst noch so gibt.

Alle waren in Frieden miteinander
und haben beschlossen,
den Frieden in die Welten zu tragen.

Das war wunderschön.
Und das Schönste war,
dass wir alle dabei waren."

„Aber wenn überall Frieden ist,
was sollen wir dann bekämpfen?",fragte Marie.

Überrascht blickten die anderen sie an.
„Bekämpfen?
Willst du immer kämpfen?"

„Nein,
doch bisher war es so
und deshalb frage ich.",
sagte Marie errötend.

Mutter Elvira lächelte:
„Erinnerst du dich
an unseren Ausflug auf die Wiese?"

„Ja, das war wunderschön."

„Gut, dann stell dir vor,
wir könnten alle so leben.

Es gäbe genug
an Speisen und Getränken.
Es gäbe Hilfe von Menschen
und anderen Wesen.

Und wir alle könnten
die Schönheit des Herzens fördern
und der hohen Schwingung der Liebe dienen,
wie wäre das?"

Marie sah sie
mit weit aufgerissenen Augen an.
„Meint ihr, das wäre möglich?"

Mutter Elvira sah ihr tief in die Augen
und lächelte: „Ja."

Alle atmeten auf.
Und das Leuchten der Freude
Mutter Elviras spiegelte sich
in allen Gesichtern wieder.

„Jetzt aber los,
sonst verpasst ihr noch den Schulbus",
polterte Vater Trogan,
der verdächtig glitzernde Augen hatte.

Alle schnappten ihre Schulmappen
und blitzschnell war der Raum leergefegt.

Nur Mutter Elvira und Vater Trogan saßen noch da.

„Ja", sagte Mutter Elvira.
„Es geht los, merkst du es?

Die Zeichen mehren sich und Marian
ist von ihrem Schweigegelübde befreit."

Vater Trogan strich ihr
unbeholfen zärtlich über den Kopf.

„Ja", brummte er, „und es ist gut.
Die Zeit ist reif.

Lass uns unser Tagwerk beginnen."
Damit stand er auf und verließ den Raum.

Die Küchentür öffnete sich
und Marian trat hinein.

Mutter Elvira blickte auf
und ihre Blicke versanken ineinander.

Sie stand auf
und beide umarmten sich
herzlich und lange.

Dann trat Marian einen Schritt zurück.

„Heute abend beginne ich zu singen.",
sagte sie.

Mutter Elvira nickte:

„Ja, es ist Zeit,
jede Woche einen Teil,
das macht alle Wunden heil,
fügt zusammen Stück für Stück,
öffnet Tore hin zum Glück."

An der Bushaltestelle

Die Kinder waren rechtzeitig
an der Bushaltestelle
und wurden herzlich begrüßt.

Alle sahen Rosalynn neugierig an
und Morgentru übernahm die Vorstellung.
„Das ist Rosalynn, meine beste Freundin.

Ich habe soviel Schönes erzählen können,
so bat sie ihre Eltern ihr zu erlauben,
auch hier zur Schule gehen zu dürfen.

Jetzt ist sie da und ich freue mich und hoffe,
ihr nehmt sie auch so freundlich auf, wie mich."

„Ah, hallo Rosalynn,
herzlich willkommen.
Schön, dass du da bist.
Willst du im Bus neben mir sitzen?"

So tönte es durcheinander
und Morgentru und Rosalynn
strahlten sich an.
Das war ein guter Beginn.

Auch dem Busfahrer Herrn Willmur
stellte Morgentru ihre Freundin vor
und er erhob sich hinter seinem Lenkrad
soweit das ging und verneigte sich ernsthaft.

„Seid mir herzlich willkommen, edle Dame."

„Werter Herr, ich danke Euch
für Eure wohlgewählten Worte
und reiche Euch
dieses Geschenk meiner Mutter
zum Gruße.", antwortete Rosalynn.

Morgentru war total verblüfft
und auch die anderen Kinder
staunten sehr über diesen Wortwechsel.

Rosalynn nahm ein kleines Kästchen
aus ihrer Tasche
und reichte es dem Busfahrer.

„Gott segne und beschütze Sie alle Zeit."

Dann setzte sie sich
auf einen freien Platz.

Der Busfahrer stand fassungslos
und sah abwechselnd
auf das Kästchen in seiner Hand
und zu Rosalynn.

Schließlich schüttelte er sich,
setzte sich hin und lächelte Morgentru zu.

„Wie unglaublich es ist,
welche Wunder geschehen, nicht war?"

Morgentru strahlte:
„Ja, das finde ich auch."
Und damit ging sie zu ihrem Platz.

Als sie an der Schule ausstiegen,
stand Paul schon dort
und ging zögernd auf Peter zu.

Er reichte ihm die Hand und sagte:
„Willst du mein Freund sein?"
Dabei errötete er und trat unruhig
von einem Fuß auf den anderen.

Peter strahlte ihn freudig an:
„Oh ja gerne,

das habe ich mir schon immer gewünscht."

Paul stand mit offenem Mund da,
schluckte und sagte dann völlig verblüfft:

„Du hast dir immer gewünscht,
mein Freund zu sein,
obwohl ich dich so gequält habe?

Die Welt steht Kopf,
so etwas, nein wirklich."

Und damit drückte er Peters Hand
und legte dann seinen Arm
um dessen Schulter.

Dann gingen sie gemeinsam in die Schule.

Die Lehrer waren schon
über Rosalynns Ankunft informiert
und freuten sich, wie schnell sie sich
in den Klassenverband einfügte.

Nach dem Mittagessen
legten Morgentru und Rosalynn
sich im Ruheraum auf die Liegen

und schliefen tief und traumlos,
bis sie zur nächsten Unterrichtseinheit
geweckt wurden.

„Ah, das war schön und erfrischend",
gähnte Rosalynn.

Morgentru räkelte sich und sagte:
„Ja, und das Beste ist,
du bist immer noch da.

Ich dachte, es sei ein Traum."

„Nein, es ist wahr
und ich bin sehr froh", lächelte Rosalynn.
Dann gingen sie zurück in die Klasse.

Musikunterricht bei Frau Johnson

Als sie die Klasse betraten,
waren die Tische so zur Seite geräumt,
dass ein großer Kreis frei blieb.

Frau Johnson war eine
große, quirlige Frau
und der Unterricht war immer
bewegt und lustig.

Heute empfing sie alle
mit rhythmischem Klatschen.

Schnell griffen die Kinder den Rhythmus auf
und bald klatschten und tanzten sie
im Raume herum.

Dann begann Frau Johnson zu singen:

da dap da du da | *da dap da du da*
yeah yeah yey | *hey hey hey*
everybody here is okay. | *jeder hier drinnen ist okay.*

„Das ist der Text
und wir singen im Wechsel.

Zuerst singe ich eine Zeile vor
und ihr singt sie nach.

Und dann wechselt der Vorsänger, okay?"

Frau Johnson blickte in die Runde,
während sie weitertanzte
und als alle genickt hatten,
begann sie mit der ersten Zeile.

Nach zwei Durchgängen
tippte sie Marie an.

Die freute sich
als Vorsängerin ausgewählt zu sein.

Nach zwei weiteren Durchgängen
tippte sie Luise an.

So kam dann auch Rosalynn an die Reihe.
Sie sang ganz rein und klar.
Danach war diese Sequenz beendet

und alle sanken lachend und prustend
auf den Boden.

Frau Johnson holte Sitzkissen
und so saßen sie nach kurzer Zeit
in der Runde.

„Also", sagte Frau Johnson.
"Wer bist du, wie heißt du
und seit wann bist hier?"
Sie blickte Rosalynn erwartungsvoll an.

Rosalynn antwortete, indem sie den Tonfall
und den Stil der Fragen der Lehrerin
exakt kopierte.

„Ich bin Rosalynn Susann Alfgarstochter,
Morgentrus beste Freundin
und seit gestern morgen hier."

„Gut", lachte Frau Johnson,
„bei wem hattest du Gesangsunterricht?"

Rosalynn sah sie überrascht an:
„Gesangsunterricht?

So singen bei uns alle",
sagte sie verblüfft.

Alle sahen sie erstaunt an
und Rosalynn fragte:

„Ja, habt ihr denn noch nie
Morgentru singen gehört?"

Alle schüttelten die Köpfe.

„Ah so, dann konntet ihr es
ja auch nicht wissen."

Die Lehrerin fragte die Klasse:
"Wollen wir beide singen hören?"

„Oh ja, das wäre schön",
riefen alle und klatschten Beifall.

„Also, würdet ihr uns ein Lied vorsingen?"
Rosalynn und Morgentru
sahen sich an und strahlten.

„Es ist ein kleines Scherzlied
und wir singen es in der Menschensprache",

sagte Rosalynn.

Morgentru hielt die Luft an: „Oh ha".

Doch keiner reagierte darauf.

Nur Marie und Ellen sahen erst einander
und dann Peter kurz an.

Morgentru und Rosalynn standen auf,
stellten sich Rücken an Rücken,

hielten sich an den Händen

und bewegten sich
leicht schwingend hin und her.

Wie warm ist dein Rücken

Wie warm ist dein Rücken
oh, Rosalynn,
ich lehne mich fest an dich an.
so bin ich gehalten,
fall´ nicht mehr hin
und nun bist du mal dran.

So begann Morgentru.
Rosalynn antwortete mit der Umkehrung.

Wie warm ist dein Rücken
oh, Morgentru,
jetzt find ich im Herzen wohl meine Ruh,
so wärmst du mich auf
und ich freu´ mich dran
und nun seh´ ich dich an.

Dann liessen sie beide eine Hand los,
drehten sich zueinander
und gaben sich die Hände wieder.

Jetzt sehe ich dich an, oh Rosalynn.
Jetzt sehe ich dich mit Freuden an.

Wir tanzen mal her und wir tanzen mal hin
und dann kommt ein anderer dran.

So sangen die beiden
und es war ein Genuss für alle,
ihnen zuzusehen und zuzuhören.

Besonders schön wurde es,
als sie sich jetzt neue Partner suchten
und mit ihnen das gleiche Lied sangen.

Schnell tanzten und sangen alle in der Klasse
und als der Gong für das Ende der Stunde ertönte,
wären sie gerne noch länger geblieben.

Biologie

Doch leider kam ja
jetzt noch Biologie.

So fassten sie schnell mit an,
um das Klassenzimmer wieder herzurichten.

Kaum stand alles wieder auf seinem Platz,
kam auch schon Herr John herein.

Er war spindeldürr und endlos lang
und jedes Mal warteten die Kinder darauf,
wann er sich den Kopf
an der Türöffnung stoßen würde.

Dann jammerte er laut
und klagte über seinen Kopf.

Heute war es besonders schlimm
und als er die Hand vom Kopf nahm,
sahen die Kinder eine blutende Wunde.

Herr John taumelte,
sah das Blut an seiner Hand,
wurde kreidebleich
und sackte zusammen.

Ohne ein Wort zu sagen,
waren Rosalynn, Morgentru,
Peter und die Zwillinge gleichzeitig da.

Sie stützten Herrn John ab.

Peter schickte Paul ins Lehrerzimmer,
bat Lucie um zwei Decken
aus dem Klassenschrank

und die anderen Kinder darum,
ruhig Platz zu nehmen
und für Herrn John zu beten.

Alle waren erschrocken
und folgten seiner Bitte sofort.

Morgentru und Rosalynn knieten
rechts und links neben Herrn Johns Kopf.
Beide hatten ihre Hände
auf seine Stirn gelegt.

Sie sahen sich in die Augen
und atmeten leise und langsam
aus dem Mund aus.

Dann liessen sie die Luft
in einer Pause weiterschweben,

während sie sich Herrn John
heil und gesund vorstellten.

Danach liessen sie die Luft
durch die Nase wieder einströmen.

Immer wieder atmeten sie
auf diese Weise aus,

pausierten

und liessen die Luft
stumm wieder einströmen
und es war, als stünde die Zeit still.

Da öffnete sich die Tür mit einem Ruck
und Paul stürmte atemlos herein.

„Der Krankenwagen kommt",

rief er strahlend,
„und der Direktor auch."

In diesem Moment
bewegte sich Herr John,
atmete aus und fasste an seine Stirn.

Rosalynn und Morgentru
hatten ihre Hände
sofort zurückgezogen.

So tastete Herr John
auf seiner Stirn herum,
doch alles war glatt und trocken.

„Komisch", sagte er, „ich dachte,
es wäre eine Wunde vorhanden und Blut.

Habe ich geträumt?"
Dabei öffnete er die Augen ganz
und sah die fünf Kinder
um sich herumknien.

„Ist jetzt Weihnachten?
Bin ich tot?
Bin ich schon im Himmel?"

Alle lachten
und so fand er sich wieder
in der Wirklichkeit zurecht.

Langsam richtete er sich
mit Hilfe der Kinder auf
und setzte sich hinter sein Pult.

Der Direktor
hatte diese Schlussszene angesehen
und war irritiert und angerührt,
von dem, was er jetzt vorfand.

„Ich dachte,
wir brauchen einen Krankenwagen,
weil hier ein Lehrer verblutet",
sagte er mit tiefer Stimme.

Aufgeregt riefen die Kinder durcheinander:
„Aber er hat geblutet, ganz doll.
Wir dachten, er wäre tot.

Und Peter hat für alles gesorgt
und Paul zu ihnen geschickt
und wir haben gebetet.

Und Morgentru und Rosalynn
haben ihre Hände
auf die Stirn von Herrn John gelegt
und ich habe die Decke geholt
und, und, und..."

Schließlich hob der Direktor die Hände
und sagte lachend.

„Ihr seid eine gute Klasse
und ihr habt euch alle prima verhalten.

Danke euch
und besonders euch, Peter und Paul,
dass ihr so gut zusammengearbeitet habt."

Alle Kinder waren ganz still geworden
und strahlten.

Peter und Paul hatten
ganz rote Wangen vor Verlegenheit bekommen.

Rosalynn und Morgentru
waren still auf ihre Plätze zurückgekehrt
und leuchteten auch.

Jetzt sprach Herr John:
„Wir haben eine neue Schülerin in der Klasse.
Rosalynn Susann Alfgar komm einmal her zu mir."

Dabei blickte er Rosalynn freundlich an.
Rosalynn errötete, erhob sich
und ging langsam zum Lehrerpult.

Als sie fast daneben stand,
erhob sich Herr John,
rückte seinen Pullunder zurecht und sagte:

„Herzlich willkommen in meinem Unterricht
und Dank für eure Hilfe."
Rosalynn machte einen tiefen Knicks
und alle Kinder sahen für den Moment

das Bild einer Prinzessin vor sich,
die in einem wunderschönen Ballkleid
einen Hofknicks machte.

Dann setzte sich Rosalynn
wieder auf ihren Platz.

Der Direktor fragte Herrn John,
ob er lieber heimgehen wolle.

Doch dieser sagte bestimmt,
dass es ihm gut gehe und er gerne
den Unterricht fortsetzen wolle.

So verabschiedete sich der Direktor
und der Unterricht begann damit,
dass Herr John sagte:

„Heute habt ihr alle
zusammengehalten,
um mir zu helfen.

Das war sehr gut
und nur so dient es dem Leben
und dem Überleben
von Gemeinschaften und Gruppen.

Weil ich mich so sehr darüber freue,
zieht ihr jetzt bitte leise eure Jacken an
und wir gehen gemeinsam zur Eisdiele,
wo sich jeder eine Portion Eiscreme
aussuchen darf.

Um uns dort hinzusetzen,
ist die Zeit zu knapp.

Doch dafür reicht sie noch.
Seid ihr bereit?"

Alle Kinder nickten,
standen leise auf,
obwohl sie am liebsten
laut gejubelt hätten.

Sie zogen ihre Jacken an
und liefen zum Schultor voraus,
um dann gemeinsam mit Herrn John
die Straße zu überqueren
und die Eisdiele zu erreichen.

Jeder durfte sich ein Eishörnchen
mit drei Kugeln aussuchen
und so standen bald alle schleckend da.

„Jetzt müssen wir zurück zur Schule,
damit ihr rechtzeitig
zu euren Bussen kommt.“,
sagte Herr John.

Alle stimmten zu
und kamen mit.

„Das ist ein
ganz besonderer erster Schultag.“,
sagte Rosalynn zu Morgentru.

„Ja“, lächelte diese,
„das ist es.“

Und Arm in Arm gingen sie
in die Schule zurück
und zur Bushaltestelle,
an der ihr Bus schon wartete.

Herr Bodwin
war heute ihr Busfahrer
und Morgentru stellte ihm Rosalynn vor.

Er freute sich und sagte:
„Bringe ruhig viele deiner Freunde mit.

Wenn sie alle so sind wie du,
dann macht das Leben Spaß."

Morgentru errötete
und wand sich vor Verlegenheit.

Dann machte sie einen Knicks
und ging zu Rosalynn
und zu den anderen im Bus .

Sue Ellen und Eva

Plötzlich hörten sie eine Stimme:

„Ah, da kommen ja Morgentru und Rosalynn,
die Engel mit den schönen Stimmen,

die Heiligen mit den heilenden Händen,
die Oberschleimer. Öah! Pfui Deibel!",

Mit diesen Worten
kamen zwei Mädchen auf sie zu,
die total wütende Gesichter hatten.

Zutiefst geschockt standen
Morgentru und Rosalynn da.

Denn so etwas Hässliches
erlebten sie zum ersten Mal.

Bevor die beiden Mädchen sie erreicht hatten,
standen Peter und Paul auf
und stellten sich den Mädchen in den Weg.

Peter drehte sich kurz
zu Morgentru und Rosalynn um
und sagte: „Atmet!"

Dann blickte er
die herankommenden Mädchen ruhig an.

„Was willst du kleiner Pimpf
denn wohl gegen uns ausrichten?",

sagte Sue Ellen, die Größere von beiden
und wollte Peter wegschieben.

Doch genau in diesem Moment
bremste der Bus ruckartig.

Sie taumelte
und wäre schlimm gefallen,
hätten Peter und Paul
nicht sofort zugegriffen
und sie an ihrem Ärmel
festgehalten.

Der Bus fuhr wieder weiter
und Sue Ellen sagte:

„Ihr könnt mich jetzt loslassen,
ich kann wieder selber stehen."

Peter und Paul ließen sie los
und sie rückte ihren Pullunder zurecht.

Dann sah sie beiden kurz in die Augen
und sagte: „Danke", wobei sie errötete.

Bevor sie sich umdrehte,
sprach Paul sie an:

„Sue Ellen,

jetzt hat die Bremsung des Busses bewirkt,
dass ein Unrecht verhindert wurde.
Statt Kampf war Hilfsbereitschaft möglich.

Verstehst du?
Wenn wir uns alle helfen,
dann geht es uns auch besser."

Morgentru, die blass im Hintergrund,
langsam mit Rosalynn zusammen
ausgeatmet hatte,
kam jetzt einen Schritt näher.

„Sue Ellen, wenn du willst, zeigen wir dir,
wie wir singen gelernt haben.
Vielleicht könntest du uns zeigen,
wie man rapt.

Ich habe dich dabei gesehen und gehört
und es hat mir gut gefallen."

Sue Ellen, die gerade
etwas Verletzendes sagen wollte,
war so verblüfft,
dass ihr Mund dreimal auf - und zuklappte,
bevor sie wieder sprechen konnte.

„Du willst lernen,
wie man rapt?"

„Ja, gerne,
das ist doch eine Kunst,
so viele Wörter
in den Rhythmus zu bringen
und irgendwo zu atmen,
zu tanzen und zu singen."

Morgentru lächelte sie erwartungsvoll an:
„Hättest du Lust dazu?"

Misstrauisch schaute Sue Ellen
Morgentru an.

Sie hatte zu viele
schmerzliche Erfahrungen gemacht
und prüfte immer sehr genau,
wem sie vertraute.

Morgentru war klar, fröhlich
und ihre Augen strahlten rein.
Sie war völlig frei von Falschheit.

Und für einen Moment spürte Sue Ellen

eine tiefe Freude darüber in sich,
dass sie in der Lage war,
Morgentru etwas Besonderes zu zeigen,
was sie wirklich beherrschte.

Da wandte sich Rosalynn an Eva,
die mit Sue Ellen
nach vorne gekommen war

und sagte: „Ich weiß,
dass du eine exzellente
Graffity - Sprayerin bist.

Und es würde mich freuen,
wenn du mir mal zeigen könntest, wie es geht
und worauf man achten muss,
wenn es wirklich eine Aussage haben soll."

Eva trat einen Schritt zurück.
Das war ihr unheimlich.

Dieses Mädchen war heute
zum ersten Mal in der Schule
und wusste ihr größtes Geheimnis.

„Wer hat dir davon erzählt?",
fragte sie mit harter, rauher Stimme.

„Hast du mir nachspioniert?"

Rosalynn erschrak und wandte sich

hilfesuchend an Morgentru.
Doch da griff Marie ein,
die die ganze Szene
bisher schweigend verfolgt hatte.

„Ich habe dich gesehen
und Rosalynn davon erzählt,
weil es mir auch so gut gefällt,
was du machst."

Eva blickte sie ungläubig an.
„Meinst du es ehrlich?",

fragte sie und sah Marie
prüfend in die Augen.

Marie hielt ihrem Blick stand
und spürte plötzlich
eine so große Liebe für Eva,
dass ihr die Tränen
in die Augen traten.

Eva schluckte
und sagte dann ganz leise
mit rauher Stimme:
„Danke."

Damit wandte sie sich um
und ging zurück zu ihrem Platz.

Auch Sue Ellen ging zurück.
Beide waren zutiefst verwirrt
über die Wendung,
die diese Situation genommen hatte.

Morgentru dankte Peter und Paul
und auch Marie für ihre Hilfe.

Peter und Paul nickten kurz
und setzten sich dann nebeneinander.

Marie sah Morgentru nachdenklich an
und es war, als sähe sie sie
in diesem Moment zum ersten Mal richtig.

Morgentru schluckte und wusste,
dass Marie etwas begriffen hatte
und fragen würde.

Sie betete zur Elfendala
und bat um die gute Führung
und die rechten Worte.

Da ihre Haltestelle nun da war,
verabschiedeten sich
die Kinder vom Busfahrer
und von den Weiterfahrenden
und stiegen aus.

Rosalynn war ganz blass
und schwankte.

Ellen, die es bemerkte, stützte sie
und machte auch die anderen
darauf aufmerksam.

Morgentru bat alle, sich vorzustellen,
wie sie Rosalynn neue Kraft
mit ihrer Ausatmung senden würden
und die Ausatmung langsam und lange
aus dem Mund fließen zu lassen.

Marie nickte
und alle machten eifrig mit.

Schnell bekam Rosalynn
wieder Farbe ins Gesicht
und bedankte sich lächelnd.

„Jetzt sind wir noch fester miteinander verbunden."

Die Überraschung

So erreichten sie Mutter Elviras Haus,
brachten ihre Taschen auf ihre Zimmer
und trafen sich zum gemeinsamen Mahl
im Esszimmer.

Heute war der Tisch
besonders festlich geschmückt.

Mutter Elvira und Vater Trogan
trugen die edelsten Gewänder.

Die Kinder standen mit großen Augen
und offenen Mündern in der Tür.

„Sollen wir uns auch schön anziehen?"
So fragten sie durcheinander.

Mutter Elvira lächelte:
„Das ist eine gute Idee.

Macht das ruhig,
Wir warten auf euch."
So flitzten sie in ihre Zimmer
und kamen nach kurzer Zeit zurück.

Morgentru und Rosalynn
hatten ihre schönsten Elfenkleider angezogen
und so leuchteten und glitzerten sie
um die Wette.

Ellen und Marie trugen lange Rüschenkleider
und sahen ganz entzückend darin aus.

Doch als sie Morgentru und Rosalynn sahen,
schien es ihnen, als verblassten ihre Kleider
neben denen der anderen.

Sie schluckten sichtbar.

Peter,
der einen dunkelblauen Anzug angezogen hatte
und darin sehr gepflegt aussah,
lachte plötzlich auf und sagte:

„Es ist doch komisch.
Jeder hat das Schönste
aus dem Schrank geholt.

Und doch scheint es,
als wäre plötzlich
gar nichts mehr wert,

was doch zuvor
untoppbar zu sein schien."

Alle schauten ihn verblüfft an.
„Bravo", polterte Vater Trogan los.

„Junge, da hast du ein wahres Wort
sehr gelassen ausgesprochen."

Mutter Elvira lächelte
und bat nun alle
am Tisch Platz zu nehmen.

Zuerst brachte Marian
eine besonders leckere Suppe.

Dann einen ganz zarten Salat
aus allerfeinsten Kräutern und Blumen.

Als Hauptgericht
gab es lauter Kartoffelspielereien,
die von frischem Gemüse durchzogen
und mit einer feinen Sauce vergoldet waren.

Es sah so schön aus,
dass alle begeistert klatschten,

als Marian die Platte auf den Tisch stellte.

Und es schmeckte auch so gut
wie es aussah.

Zum Nachtisch folgte Eis
mit gesponnenen Zuckerfäden verziert.

Danach waren alle aufs Herrlichste
gesättigt und glücklich.

Doch der Tag der Wunder
war noch nicht beendet.

Denn nun erhob sich Mutter Elvira
und klopfte mit einem kleinen Löffel an ihr Glas.

Ein feiner Klang erfüllte den Raum.

Alle blickten auf.

Sie schaute nun
einen nach dem anderen an
und zum Schluss verharrte ihr Blick
bei Morgentru.

„Liebe Morgentru,
erinnerst du dich noch
an deine erste Nacht
unter unserem Dach,
als wir das Kästchen
unter deinem Bett gefunden haben?

Damals hast du uns
sehr großes Glück gebracht.

Denn in diesem Kästchen
verbarg sich eine Urkunde,
die unser Eigentum
an diesem Haus bestätigte
und uns damit
vor seinem Verlust bewahrte.

Dafür danken wir dir von ganzem Herzen."

Damit ging sie zu Morgentru
und überreichte ihr ein kleines Kästchen.

Morgentru errötete, stand auf,
machte einen Knicks vor Verlegenheit
und nahm das Kästchen entgegen.

Es war aus Wurzelholz
und mit feinen Intarsien verziert.

Als sie es öffnete,
leuchtete ihr ein Kristall
in allen Farben des Regenbogens entgegen.

Morgentru weinte:
„Ach liebe Mutter Elvira,
ich danke Euch von ganzem Herzen
für dieses schöne Geschenk.
Ich werde es immer in Ehren halten."

Mutter Elvira umarmte sie
und auch Vater Trogan stand auf
und zog sie kurz an sich.

„Feines Mädchen!
Schön, dass du da bist."

„Lieber Vater Trogan,
ich bin so gerne hier und freue mich,
wenn ich noch lange bleiben kann."

Vater Trogan lächelte
und brummte mit Tränen in den Augen:

„Das kannst du, mein Kind,
das kannst du sehr gerne."

Morgentru strahlte:
„Danke, ich freue mich sehr."
Alle klatschten.

Marians Lied

Plötzlich ertönten feine Glöckchen
und die Küchentüre öffnete sich noch einmal.
Marian kam herein .

Doch wie sah sie aus?
Auf ihrem Kopf trug sie eine Perlenglockenkrone,
deren Glöckchen bei jedem Schritt leise klingelten.

Ihr Gewand war aus feinstem Garn gesponnen
und glitzerte in allen Regenbogenfarben.

Alle sahen sie mit offenem Mund an.
Peter brach zuerst das Schweigen.

„Marian, du siehst ja wunderschön aus."
„Ja", riefen jetzt auch die anderen durcheinander.
„Was ist los, hast du Geburtstag?"

Da nickte sie dreimal mit dem Kopf
und die Glöckchen klingelten durcheinander
und sammelten sich zu einem warmen Wohlklang,
in den hinein Marian zu singen begann.

„Wohl tausend Jahre ist es her
da lebte einst im Schloß am Meer
ein alter König wundersam,
der eine junge Frau sich nahm.

Er kam dazu ins Elfenland
wo er die Allerschönste fand.
Er bat sie fein mit ihm zu gehen,
sie stimmte zu, ließ alles stehen.

Tandera, Tandera Dei,
es ist schon lang vorbei.
Tandera Tandera lauf,
doch hört nur, was folgte drauf.

Nach einem Jahr ein Kind gebar
die Königin ganz zart und klar.
Der König voller Liebe sank
und starb gelehnt an ihre Hand.

Der Schmerz, der Kummer, der Verlust,
die Königin hat's wohl gewusst.
Sie weinte bis zum Tag darauf
und nahm dann ihre Arbeit auf.

Sie sorgte für das ganze Land
wobei sie gute Hilfe fand,
denn alle Wesen liebten sie
und beugten demutsvoll die Knie.

Tandera, Tandera Dei,
es ist schon lang vorbei.
Tandera Tandera lauf,
hört später, was folgte drauf."

„Das war sehr schön
und sehr traurig, Marian."

„Geht es noch weiter?"
„Kannst du es noch einmal singen?"

„Ja, es geht weiter.
Heute aber nicht mehr.
Heute bekommt jeder von euch
noch ein besonderes Geschenk."

Marian ging herum
und jedes der Kinder
durfte sich ein Schälchern
vom Tablett nehmen

„Achtet gut darauf
und seht, was geschieht."

In der nächsten Woche
sollt ihr mehr erfahren."

„Danke Marian und gute Nacht.",
sagten die Kinder,
knicksten und verbeugten sich vor Marian,

umarmten Mutter Elvira und Vater Trogan
und gingen leise die Treppe in ihre Zimmer hinauf.

Damit war dieser Abend beendet
und alle zogen sich auf ihre Zimmer zurück
und schliefen schnell ein.

Rosalyn hatte ein zweites Bett
in Morgentrus Zimmer gestellt bekommen.

So konnten die Freundinnen
noch ein bisschen reden, bevor sie einschliefen.

Clown Peter

Am nächsten Morgen trafen sich
alle wieder am Frühstückstisch.

Peter hatte eine rote Clownsnase aufgesetzt,
tanzte um den Tisch herum und sang:

„Lustig bin ich und auch froh,
wie der Mops im Paletot.

Fröhlich bin ich und voll Glück.
ess` vom Kuchen gern ein Stück.

Glücklich tanz ich um den Tisch,
fühle mich so froh und frisch.

La,la,la,la,la,la,laa
la,la,la,la,la,la,laa"

Die anderen Kinder lachten verwundert.
So hatten sie ihn noch nie erlebt,
doch es gefiel ihnen sehr

und sie begannen
fröhlich hinter ihm her zu tanzen.

Schließlich klatschte Mutter Elvira in die Hände
und sagte lächelnd: „Tut mir leid Kinder,
aber jetzt müsst ihr erst etwas essen
und dann geht's ab zur Schule."

Peter wackelte mit seinem Kopf
und wiederholte Mutter Elviras Worte
auf so lustige Art und Weise,
dass alle schallend lachten.

Es war unglaublich,
wie Peter sich verändert hatte.

Es war als wäre eine Riesenlast
von seinen Schultern genommen.

Auch auf dem Weg zur Bushaltestelle
erzählte er weiter lauter lustige Sachen,
sodass keiner aus dem Lachen herauskam.

Ellen musste so sehr lachen,
dass sie nur noch japsen konnte.
„Bitte hör auf, ich kann nicht mehr."

Die Kinder an der Bushaltestelle
wurden aufmerksam.
Das Lachen steckte alle an.

Auch als der Bus kam,
lachten sie immer noch.

Selbst Herr Willmur
lies sich davon anstecken.

In der Schule
waren die Kinder heute sehr unaufmerksam.
Jede Kleinigkeit veranlasste sie erneut zum Lachen.

Schließlich kamen sie wieder zuhause an,
brachten ihre Schultaschen auf ihre Zimmer
und liefen fröhlich in den Garten.

Dort spielten sie Volleyball
bis Mutter Elvira sie zum Abendbrot hereinrief
und sie alle fröhlich
am Abendbrottisch Platz nahmen.

„Puh", sagte Morgentru.
„Das war ein ganz besonderer Tag,
das steht fest."

„Das stimmt", lachte Rosalynn.
„Das hätte ich nicht erwartet."

„Ja", stimmte Ellen zu.
„So wie heute habe ich noch nie gelacht.
Das war schön."

Peter grinste
und verschränkte die Arme vor der Brust.

Er war sehr zufrieden mit dem Tag.
Mutter Elvira und Vater Trojan sahen sich an.

Sie freuten sich an der Veränderung
von Peter und den anderen Kindern.

Damit endet der erste Teil.

Noten

Vater Trogans Lied
Im Elfenland

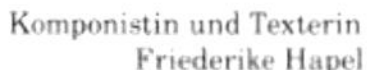

2
20
C C F
klein. Sie rei - chen sich die El - fen - hand und
Freud sie al - le tan - zen mehr und mehr in
Hand. Be - wah - rer al - ter Wis - sens-kunst sind
23
G C Am
tan - zen Rin - gel - rein. Die El - fen - da - la
ei - ner an - dern Zeit. Die El - fen - kin - der
sie in die - sem Land. So lasst uns ach - ten,
26
Dm G C
zart und schön thront im Kris-tall - pa - last. So
schwe - ben hier und da he - rum im Kreis, for -
eh - ren sie, als Freun - de mit Ge - schick, als
29
C Dm G
kann sie al - le El - fen sehn was ihr auch sehr gut
mie - ren sich mal so und so, wie es ein je - der
kraft - und Se - gen - spen - den - de auf uns - rem Weg ins
32
C
passt.
weiß.
Glück.

Wie warm ist Dein Rücken

Ein Tanzlied von Morgentru und Rosalynn

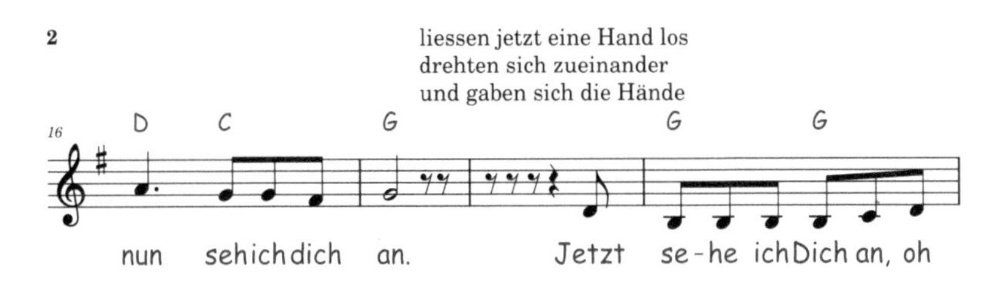
2
liessen jetzt eine Hand los
drehten sich zueinander
und gaben sich die Hände
16
D C G G G
nun sehichdich an. Jetzt se-he ichDich an, oh

20
D C D G
Ro - sa-lynn. Jetzt seh ich Dich mit Freu-den an. - Wir

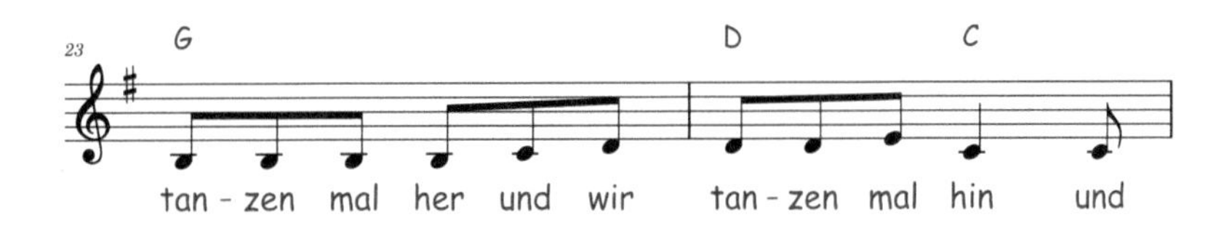
23
G D C
tan - zen mal her und wir tan - zen mal hin und

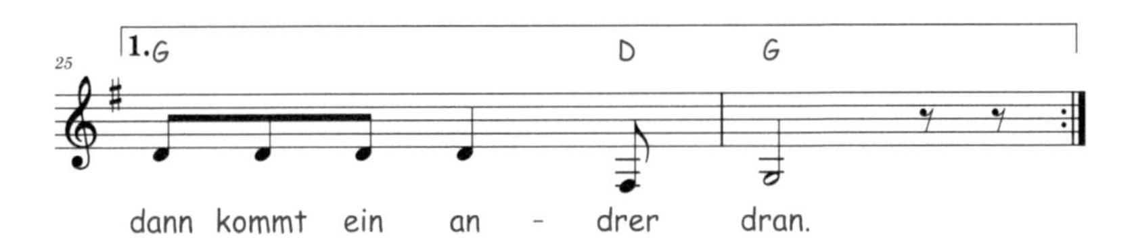
25
1.G D G
dann kommt ein an - drer dran.

27
2.G D G
dann ist es wohl - ge - tan

Marians Lied

aus der Erzählung "Morgentru das Elfenkind"

Friederike Hapel
Friederike Hapel

2
♩ = 117
starb ge-lehnt an ih - re Hand. 1.Der
Sie
Schmerz, der Kum-mer, der Ver - lust die Kö - ni-gin hats wohl ge -
sorg - te für das gan-ze Land wo - bei sie gu-te Hel-fer
- sie wein - te bis zum Tag da - rauf, dann
denn al - le We-sen lieb-ten sie und
nahm sie ih - re
beug - - ten ehr - furchts -
Ar - beit auf. Tan - de ra Tan de-ra - Dei Es
voll die Knie.
ist schon längst vor-bei Tan de - Tan-de-ra lauf Doch
hört nur, was fol - gte drauf.

Wie wird es weitergehen?

Wird Marie herausfinden
woher Morgentru und Rosalynn kommen?

All das und noch viel mehr
erfahrt ihr im 2. Teil der Geschichte.

Weitere Bücher von Friederike Hapel

Für Kinder K
Für Jugendliche J
Für Erwachsene E

Johnnys schönster Weihnachtsurlaub	K
Der Christopherus und das Herz	E
Die Königsballade	J + E
Geh aus mein Herz Nora Lee	E
Das Krokodil im Katzensteinwald	K, J, E
Das Nikolausgeschenk	E
Das kleine Mädchen mit den Hasenpfötchen	K, J, E
Susann´s wunderbare Begegnungen	J, E
Pontifac und Schützchen	K
"Guten Morgen" sagt die Sonne	K

Die wunderbare Reise des Prinzen Mustafa
eine Ballade in 4 Sprachen J, E
von Friederike Hapel / Theresa Kawak

Alle Bücher veröffentlicht im Elfendalaverlag,
im Shop Tredition + im Buchhandel zu erhalten